AF138756

Andrea Panse

Momentsache

20 illustrierte Kurzgeschichten

Mit Bildern
von Andrea Panse

Bibliografische Information der Deutschen Nationalbibliothek
Die Deutsche Nationalbibliothek verzeichnet diese Publikation in der
Deutschen Nationalbibliografie;
detaillierte bibliografische Daten sind im Internet über
www.dnb.de abrufbar.

3. Auflage 2015

© Andrea Panse
Umschlaggestaltung, Satz,
Layout, Illustration: Andrea Panse
Herstellung und Verlag:
BoD – Books on Demand, Norderstedt
ISBN 978-3-7386-1354-4

Inhalt

Aufbruch

Als Kind hat sich Lena oft vorgestellt, wie es wohl wäre, wenn ein Beobachter sie ständig durch ein Guckloch betrachten würde. Ein Mäuschen, das sie begleitet, wohin sie auch geht.

Was würde es denken, wie würde es sie sehen?

Mit dreißig Jahren kommt Lena auf eine großartige Idee. Sie wird einfach selbst die Rolle des Mäuschens übernehmen. Dieser kleine Trick ermöglicht es ihr zu erzählen. Das imaginäre Mäuschen kann in alle Zeitschienen schlüpfen und berichten. Es wird sich so intensiv in eine anfangs vage – nur aus Bildern, Gerüchen, Farben, Geräuschen bestehende – Erinnerung einnisten, dass ein elementarer, ganz persönlicher Auszug aus ihrem Leben entsteht. Eine Kurzgeschichte. Ob sich diese Puzzleteile eines Tages zusammenfügen lassen, weiß sie nicht. Welche Form wird sich ergeben, welche Bilder entstehen?

Jede einzelne Erinnerung ist wie ein Gefühl, das Fantasie, Wirklichkeit und Traum zu einer eigenen Wahrheit zusammenfließen lässt, völlig unabhängig von Raum und Zeit. Dieses Gefühl ist wie ein Fluss, der als Quelle beginnt und im Meer zu enden scheint. Aber in Wirklichkeit endet er nie, er lebt in anderen Dimensionen weiter. Dort, wo er im Erdreich versickert oder als unzähliges Tröpfchenmeer in der warmen Luft verdunstet. Wo er als Wolke den Himmel kleidet oder als Regentropfen die Felder kühlt. Wo er Durst löscht und Leben spendet oder sich schließlich ins Meer ergießt und nicht mehr vom Ganzen zu trennen ist. Der Fluss kann in ruhigen, harmonischen Bahnen verlaufen, er kann aber auch wild und schmerzlich über die Ufer treten. 1988 – das Jahr hat gerade begonnen – schickt Lena ihr Mäuschen auf die Reise.

Zurück in eine Zeit, die sie längst vergessen glaubte.

1958

Das Baby liegt in einem Kinderwagen. Einem sehr modernen Kinderwagen für die damalige Zeit. Der äußere Stoffbezug ist aus schwarz-weißem Pepita, die feste Matratze mit einem hellblauen Bibertuch umspannt. Das wache Köpfchen ruht auf einem sehr flachen Kopfkissen. Ein flauschiges Deckbett wärmt den kleinen, lebendigen Körper.

Lena schaut aus großen, dunklen Augen. Sie sieht und fühlt und denkt ohne Namen und Worte. Sie ist einfach nur da!

Dennoch spürt das Baby auch eine Macht. Ein ungeheures Wissen, das noch einige Zeit allgegenwärtig ist, das es sehr frei sein lässt und sehr unabhängig.

Allmählich schwindet dieses Wissen. Es wird bald unbenannt für unendlich lange Zeit untertauchen und vergessen. Anderes tritt in den Vordergrund. Gerüche, Geräusche, Farben, Formen und Gesichter. Das Baby saugt viel in sich auf, wie ein Schwamm. Es ist in der Lage, mühelos alles zu verkraften und festzuhalten. Es fühlt sich stark, nichts kann es erschüttern. Doch. Manchmal ist die Seele so voll. Sie ist riesengroß in einem winzigen Körper. So riesengroß, dass es schmerzt, dass Lena fast platzt und schreien muss. Schreien, schreien.

Ständig ist jemand da. Vor allem dieses eine Gesicht, das immer wieder auftaucht. Es ist in Ordnung – allmählich möchte Lena sogar, dass das Gesicht kommt, wann immer sie will. Ein bisschen Quengeln und Schreien ... das funktioniert. Aber Baby will nicht immer. Es möchte auch nicht immer schreien oder lachen. Am liebsten schauen und etwas anderes wollen.

Oft will es in Ruhe gelassen werden, keine Gesichter sehen. Es liegt gern alleine im Kinderzimmer und beobachtet die eigenen Fingerchen. Die hat es unter Kontrolle. Sie machen genau das, was es will. Sie schauen lustig aus und bilden ständig andere Figuren. Die Finger haben etwas mit dem eigenen Körper zu tun und mit dem Wollen. Trotzdem wirken sie so selbstständig und unabhängig. Darüber kann man eine Ewigkeit nachdenken – das ist es wohl, was Lena tut. Nachdenken.

Doch im Moment liegt sie im Kinderwagen, den sie sehr mag. Er verbreitet eine angenehme, strahlende Atmosphäre. Hier kann sie schauen. Sie liebt den blauen Himmel mit den weißen, sich ständig verändernden Wolken. Noch sieht Lena nur und erfreut sich an den Dingen, ohne sie mit Namen zu kennen. Das macht eigentlich überhaupt nichts, denn die Empfindungen sind so tief, dass sie ganz davon ausgefüllt ist. Bald lernt sie, alles einzuordnen und zu benennen. Dann wird vieles leichter und dem Baby werden neue Türen geöffnet.

Aber die Gefühle können niemals tiefer und reiner sein als damals, in jenem kleinen Körper mit der riesengroßen Seele.

Zauberwelt

Mit eineinhalb Jahren besteht Lenas große kleine Kinderwelt aus: Kinderzimmer, Kinderzimmerfensterblick zur Straße, Küchenfenster- und Balkonausblick auf geheimnisvolle Welten der Hinterhöfe, täglichen Kinderspazierfahrten in die Sphären der Parks und Spielplätze, magischen Häuserzeilen und Geschäften. Ziemlich wenig Bedeutung haben Spielzeug und Personen in dieser Zeit, abgesehen von ihren Eltern natürlich. An die Begegnungen mit anderen Kindern wird sie sich später kaum noch erinnern können, obwohl ihre Mutter viel Wert auf solche Kontakte legt.

Niemals vergessen aber wird sie ihre Empfindungen und Sinneswahrnehmungen – vor allem Gerüche, Geräusche, Geborgenheit, optische Eindrücke – und die Träume. Diese Träume und Fantasien, die all ihre Kinderwelten zu einer Einheit zusammenfassen und verschmelzen lassen. Es gibt keinen Unterschied zwischen Wirklichkeit und Traum, keine Erkenntnisse über Lüge und Wahrheit, Gut und Böse. Es gibt nur angenehme und unangenehme Gefühle, die Lena erst allmählich lernt einzuordnen. Bisher liegt über allen Dingen – ihrer eigenen inneren Welt sowie der großen weiten draußen in den Straßen und Parks – jener geheimnisvolle Schleier eines Zaubers, der sie auf magische Weise anzieht.

Ein Leben lang wird sie immer wieder damit beschäftigt sein, diesen Schleier zu lüften. Ab und zu soll es ihr gelingen, aber die meiste Zeit wird Lena ihn später einfach vergessen. Die schönsten Momente sind es, wenn sie zuweilen den Zauber wiederentdeckt und erneut staunend wie in frühen Kindertagen vor den Überraschungen des Lebens steht.

Ihr liebstes Fortbewegungsmittel ist die sportliche Kinderkarre, die sie schnell und sicher an die bevorzugten Orte ihrer Fantasien bringt, nämlich die Weiher und Bäche in den städtischen Gärten Kölns. Die Sportkarre hat einen weiteren Vorteil.

Sie muss immer von ihrer Mutter geschoben werden, so dass automatisch jemand da ist, der sie beschützt.

Irgendwie erinnert sich Lena noch an den Moment, vielmehr an das Gefühl, wie sie das erste Mal vom Kinderwagen in die Sportkarre umgebettet wurde. Es war überwältigend! Auf einmal konnte sie selbst die Richtung bestimmen, in die sie schauen wollte. Der Blick war nicht mehr nur nach oben auf den Himmel beschränkt, sondern offen nach allen Seiten, um in unendlich weite Welten zu schweifen. Komischerweise schien anfangs der Blick nach hinten – obwohl der bei weitem umständlichste – immer am interessantesten zu sein. Alles wirkte so anders und aufregend, dass Lena um keinen Preis etwas verpassen wollte. Sie entdeckte all die bekannten Wege, die früher durch stets wiederkehrende Baumwipfel, Hausdächer und Kirchturmspitzen gekennzeichnet waren, mit verändertem Blickwinkel ganz neu.

Inzwischen kann Lena schon gut längere Strecken alleine laufen, aber jedes Mal genießt sie diesen erhebenden Augenblick, wieder in die Karre zurückgesetzt zu werden. Dort fühlt sie sich unverwundbar, irgendwie schwebend in einer verzauberten Welt. Manchmal vergisst sie sogar, dass sie von ihrer Mutter geschoben wird. Es kommt ihr vor, als mache sie sich mit ihrer Kinderkarre selbstständig und führe alleine, aber ungefährdet, durch Raum und Zeit. Als würde sie völlig eins mit der sie umgebenden Natur. Eine bestimmte Allee innerhalb des Stadtparks spielt dabei eine besondere Rolle. Hier ist der Ursprung für viele ihrer Erlebnisse und nächtlichen Träume.

Wenn man von der Stadtwohnung aus startet, die hohen Häuserblocks mit den verschnörkelten Fassaden und den vielen – noch vom zweiten Weltkrieg stammenden – Einschusskratern hinter sich gelassen hat, geht man unter einer Eisenbahnbrücke hindurch. Dahinter öffnet sich auf einmal die Großstadt, als wolle sie atmen. Es beginnt eine geheimnisvolle Welt aus Grün und Wasser – Lebensraum für Enten, Schwäne, Singvögel, Karpfen und alle anderen Wesen, die sich in den Parks sonst noch so verstecken könnten. Ein Fußweg führt entlang der breiten Schnellstraße in den ersten Abschnitt des fast täglichen Ausflugs. Hier befindet sich ein großer, quadratisch angelegter Weiher, der von breiten Wegen mit hohen, alten Bäumen umsäumt ist. Das Wasser ist trübe und scheint sehr, sehr tief zu sein. Erst viel später wird Lena erfahren, dass Erwachsene bequem darin stehen können. Es wimmelt nur so von großen, fetten Karpfen, die ständig mit ihren Mäulern dicht unter der Oberfläche nach Brotkrumen schnappen. Im Winter kann man sie sogar unter einer dicken Eisschicht schwimmen sehen. Lena mag sie nicht. Sie wirken unfreundlich und gierig. Es ist unheimlich, wenn sie in den Tiefen des trüben Wassers verschwinden.

Nun muss man noch eine gefährliche Straße überqueren, dann endlich beginnt Lenas Lieblingsweg. In der Mitte von zwei Alleen fließt ein künstlich angelegter, breiter Bach. Er entspringt rauschend aus einem Rohr, das sorgfältig ummauert ist und auf einer darüber befindlichen Brücke von zwei steinernen Statuen eingerahmt wird. Lena und ihre Mutter benutzen immer nur den Weg der linken Allee, so dass der Bach auf dem Hinweg rechts von ihnen liegt. Auch bei der Rückkehr wählen sie meistens diese Strecke. Das ist gut so, findet Lena, denn nur hier können magische Dinge geschehen. Hier ist das Zwitschern der Vögel lauter, das Grün der Bäume intensiver, die Leute, die man trifft, netter, und hier weht auch ein Wind, der von märchenhaften Gestalten erzählt.

Die gegenüberliegende Seite wirkt im Vergleich dazu leblos, irgendwie gedämpft, in Watte gepackt. Nüchtern betrachtet ist sie das Ebenbild der linksseitigen Allee. Aber wenn Lena auf ihr entlangfährt, springt kein Funke über. Die Umgebung hat keinerlei Ausstrahlung. Da ist nichts, was zu ihr spricht und die Fantasie anregen könnte. Diese Seite ist wie der unheimliche, zwielichtige, seelenlose Schatten der anderen.

Jetzt, auf dem richtigen Weg, kann sie von der Kinderkarre aus die tiefe, dicht bewachsene Böschung hinunterschauen, bis in das kristallklare Wasser hinein. Im Gegensatz zum Weiher schwimmen hier keine Karpfen, sondern viele Schwärme kleiner Fische, die zwischen den Algen und Wasserpflanzen ganz deutlich zu erkennen sind. Die gesamte Unterwasserwelt zeichnet sich haarscharf ab, so dass Lena selbst die feinen Strukturen der Schlingpflanzen sieht. Der Grund des Baches ist allerdings dicht bewachsen und lässt keine Blicke durchdringen.

Die Farben sind einzigartig! Das Wasser schillert in fantastischen Blau- und Grüntönen, je nach Stärke des Pflanzenwuchses. Die Fische sind meist schwarz, aber einige orangegoldene bilden einen herrlichen Kontrast zu den tiefen Tönen des Wassers. Lena ist fest davon überzeugt, dass auch Wassermänner und Nixen darin leben. Sie hat ein bisschen Angst, eines

Tages versehentlich aus ihrer Kinderkarre zu purzeln, durch das undurchdringliche, dornige Gebüsch der steilen Böschung zu fallen und völlig verschrammt für immer in der leichten Strömung des Wassers zu verschwinden.

Ihre nächtlichen Träume haben sie schon oft in die Unterwasserwelt gezogen. Wie magisch gerufen steht sie allein am Abgrund und will sich zwingen, nicht in die Fluten zu schauen. Das Summen und Singen des Wassers ist aber ungleich stärker als ihr Wille, der sich schließlich beugt, sie hinabführt und unversehrt in die Tiefen des Baches gleiten lässt. Ihre anfängliche Panik verschwindet und macht einem schaurig schönen Unbehagen Platz, das ihr ein intensives Gefühl von Leben, Freude, Genießen und gleichzeitigem Bangen vermittelt. Irgendwie sind hier alle Welten und alle Empfindungen miteinander vereint. Während sie durch das Wasser schwebt, zwischen Nixen, Wassermännern, Fischen, Muscheln und Pflanzen, nähert sich Lena unmerklich dem rauschenden Zuflussrohr. Bis das Getöse sie schließlich erwachen lässt. Doch kurz bevor sie sich in ihrem Bettchen wiederfindet, sieht sie gerade noch, wie sich die Rohröffnung in ein riesiges bedrohliches Karpfenmaul verwandelt!

Aber nein, sie hat keine Angst, keine richtige Angst vor diesem Traum. Es ist eigentlich ein schöner Traum, der eng mit ihrer wirklichen Welt verknüpft ist. Er lässt sie bedingungslos am Leben teilhaben. Morgen, wenn sie wieder in den Park fährt, ist sie ja nicht allein. Lena hat ihre Mutter und die gute Sportkarre natürlich.

Sie wird wieder mit vollen Zügen in die geheimnisvolle Welt der Kindheit eintauchen.

Freundschaftskreis

Plötzlich ist sie in ihr Leben getreten. Anna. Sie ist Lenas Freundin geworden! Lena kann sich nicht richtig erinnern, wann, nur wo es wirklich begonnen hat. Im magischen Grüngürtel der Stadt! Alles, was hier geschieht, ist von Dauer. Es hat irgendwie keinen richtigen Anfang und kein fassbares Ende, ist Traum und Wirklichkeit zugleich. Auch die Menschen, die man hier kennenlernt, haben etwas von diesem Zauber. Anna scheint das ebenso zu spüren.

Zwischen ihr und Lena entsteht ein unsichtbares, geheimnisvolles Band der Kindheit, das selbst durch Annas frühen Tod nicht zerstört werden kann. Sie wohnen nur wenige Häuser voneinander entfernt und sind sich schon oft zusammen mit ihren Müttern begegnet. Aber auf der Straße hat das keine Bedeutung. Dort kann man im Alter von drei Jahren keine Freundschaft schließen. Vor allem, wenn man noch nicht einmal den Hauch einer Ahnung von diesem Gefühl hat. Erst im Park soll es möglich werden. Diesem magischen Ort, der für Lena und Anna bestimmt ist. Hier sind sie bereit.

An einem angenehmen Frühlingstag machen sich Lena und ihre Mutter auf den Weg zum Spielplatz. Die Sportkarre ist vorsichtshalber noch dabei, da die gesamte Strecke sehr lang ist und besonders der Rückmarsch – nach dem Toben – recht mühsam werden kann. Wieder einmal geht es unter der Eisenbahnbrücke hindurch, vorbei an dem Weiher mit Karpfen und Enten, am „verzauberten" Bach entlang, durch den Rosengarten, bis sie schließlich die Spielgeräte neben der großen Wiese erreichen.

Lena saust die Rutsche hinunter, buddelt im Sandkasten, hangelt ein wenig an den Klettergerüsten und füttert die fast zahmen Tauben. Plötzlich wird sie von ihrer Mutter gerufen. „Schau mal Lena, wer da ist! Anna kennst du doch schon." „Nein, diese Anna kennt sie nicht", denkt Lena und sieht ein kleines Mädchen mit einem offenen, freundlichen Gesicht. Das ist nicht die Anna, die

auf der Straße im Vorbeigehen meistens so gleichgültig drein-
blickt und sie überhaupt nicht beachtet. Dies hier ist ein Kind des
Parks, das bestimmt auch auf der „richtigen", der magischen
Seite des Baches spazieren geht. Jener wunderbaren, märchenhaften Allee entlang der linken Uferböschung. Während Lena all
die Dinge flüchtig durch den Kopf gehen, kommt Anna auf sie
zugelaufen. Vorher hat sie noch mit ihrer großen Schwester
gespielt, jetzt hält Anna ein Springseil in den Händen und fragt
Lena: „Wollen wir Seilchen gehen?" „Ja", sagt Lena. „Mag ich."
Jedes Kind nimmt einen der hübschen Holzgriffe an den Enden
des Springseiles in die Hand. Beide entfernen sich voneinander
und marschieren dann – das Seil locker zwischen ihnen – langsam im Kreis herum. So, als wollten sie einen Zirkel schlagen um
ihre gemeinsame Welt.

   Nein, dies ist kein lächerlich einfaches Spiel, sondern das aller-
schönste, das man sich nur vorstellen kann!

Kindergarten

Seit einiger Zeit geht Lena vormittags in den Kindergarten. Wenn sie ganz ehrlich ist, empfindet sie es als höchste Strafe, als Heimsuchung. Aber wofür? Was hat sie nur Schlimmes getan? Mutti meint: „Es ist gut, in den Kindergarten zu gehen. Dort kann man spielen und lernen und nette Kinder treffen."

Ja, lernen möchte sie, aber am liebsten in der Schule. Und spielen möchte sie auch, aber am liebsten zu Hause oder mit ihren Freundinnen, die sie am Nachmittag sowieso trifft. Warum wird sie also fortgeschickt?

Mutti sagt: „Lena, die anderen gehen doch auch dorthin. Denk mal an Anna, die ist sogar in deiner Gruppe." Aber genau das ist ja das Allerschrecklichste! Anna ist im Kindergarten völlig verwandelt! Sie hüpft hierhin und dorthin, beachtet Lena nicht im Geringsten. Sie sitzt noch nicht einmal mit ihr an einem Tisch. Wie soll man das verstehen? Anna geht schon länger in den Kindergarten und kennt sich richtig gut aus. Vielleicht möchte sie diesen Vorsprung auskosten, solange es geht. Nachmittags jedoch, wenn die beiden sich zu Hause oder im Stadtpark treffen, ist alles wie immer.

Allmählich wächst in Lena der Gedanke, dass der Kindergarten Menschen verändert, ihre Seelen verwandelt. Äußerlich ist niemandem etwas anzumerken. Aber sowie man den leicht stickigen Raum betritt – es riecht nach Knetgummi, Farbe, Bohnerwachs und zu vielen Kindern – , taucht man in eine unsichtbare, zähe Masse ein. In eine Zeitzone, aus der sich keiner befreien kann, bis die Mittagszeit endlich erreicht ist und die Pforten geöffnet werden. Anfangs hat es Lena noch versucht, indem sie sich vor das Aquarium gesetzt und die ersten Tage stundenlang hineingeschaut hat. Das Aquarium mit den bunten Fischen steht am einzig hellen, freundlichen Platz des Raumes, nämlich neben dem Fenster im unverbrauchten Morgenlicht des Vormittags. Es erinnert sie an ihre Zauberwelt draußen, die wirkliche, in der

Lena „Lena" ist und Anna „Anna". Wo alles so glasklar und bunt aussieht wie in diesem Aquarium, wo es manchmal geheimnisvolle Träume und Zauber gibt, von denen sie bedingungslos getragen wird. Es ist, als schaue Lena – gefangen in der unsichtbaren klebrigen Masse – durch den kleinen Glaskasten hinaus in die Freiheit. Irgendwann kommt die Kindergärtnerin und meint: „Du musst dich nun einfügen. Du kannst nicht jeden Tag vor dem Aquarium sitzen." Wortlos geht Lena an den Tisch, der ihr zugewiesen wird. Sie resigniert nicht. Lena hatte Zeit genug, sich innerlich ihre Grenzen abzustecken. Es gibt eben die Welt da draußen und die hier drinnen, wo alle irgendwie anders sind. Beide existieren gleichzeitig und haben nichts miteinander zu tun. Ihr Unbehagen legt sich allmählich. Sie kann jetzt alles so hinnehmen wie es ist, was aber noch lange nicht bedeutet, dass sie einen Sinn darin erkennt.

Lena hat mittlerweile sogar festgestellt, dass die Jungs an ihrem Tisch – sie sitzt als einziges Mädchen zwischen ihnen – erstaunlicherweise recht nett sind. Das ist eine ganz neue Erfahrung, die ihr gar nicht unangenehm ist. Sie sind zuvorkommend und holen ihr manchmal Dinge, die sie gerade benötigt. Und, was besonders bemerkenswert ist, sie ist die Einzige, der man noch nicht den Stuhl unter dem Po weggezogen hat! Das erfüllt sie heimlich mit Stolz. Ein Junge, er heißt Stefan, gefällt ihr besonders gut. Er hat kurze, dunkle Haare, hübsche blaue Augen und eine Stupsnase, die hoch in den Himmel zeigt.

So eine Nase hat Lena noch nie gesehen. Wenn es keiner merkt, schiebt sie ihre eigene mit dem Finger ein wenig nach oben, damit sie so wird wie Stefans.

Schwesterlein

Gerade hat sie ein Baby bekommen. Nein, nicht Lena, sondern ihre Mutter. Aber Lena irgendwie auch. Alle sagen, es sei jetzt ihre Schwester, und das scheint etwas Ernstes zu sein. Eigentlich versteht sie überhaupt nicht, wie das passieren konnte. Manchmal hat ihre Mutter in den vergangenen Monaten davon gesprochen: „Du wirst bald ein Schwesterchen oder Brüderchen haben." Doch dann war gar nichts geschehen. Lena hat es nie so ganz geglaubt. Es sollte auch etwas mit Muttis Bauch zu tun haben, doch das erschien ihr noch unwahrscheinlicher. Ach, hätte sie all dem nur mehr Beachtung geschenkt! Jetzt fühlt sie sich ziemlich überrumpelt.

In den letzten Tagen taten alle sehr wichtig und geheimnisvoll. Alle, das heißt in diesem Fall eigentlich nur ihr Vater und Oma, die extra angereist kam. Mutti war nämlich schon im Krankenhaus. Lena glaubte, dass sie wohl doch krank sei. Oder muss man etwa krank werden, um ein Baby zu erhalten? Jedenfalls konnte sie sich immer noch nichts unter einem Schwesterchen oder Brüderchen vorstellen. Vielleicht hatte sie ja etwas falsch verstanden oder verwechselt. Deshalb traute sie sich auch nie nachzufragen. Ihre Freundin Sylvie aus der Nachbarwohnung hat zum Beispiel einen Bruder. Der ist nur ein Jahr jünger als Lena. Sie hoffte inständig, dass ihre Mutter nicht mit solch einem Exemplar nach Hause kommt. Eigentlich findet sie Martin gar nicht übel. Allerdings muss sie ständig an die Prügeleien der beiden Geschwister denken, die sie jeden Abend fast hautnah durch die dünnen Kinderzimmerwände mitbekommt. Für Sylvie ist „Bruder" so etwas wie ein Schimpfwort. Entsprechend wurde Lena reichlich vorgewarnt.

Nun ist sie aber auf einmal da – Lenas Schwester Sophie. In den ersten Tagen darf sich Lena ihr kaum nähern, weil sie angeblich noch ganz empfindlich ist. Irgendwie hat das alles doch mit Krankheit zu tun! Ihre Mutter trägt manchmal einen Mundschutz, und Sophie ist mit einem Verband umwickelt, der ständig gewechselt werden muss. Immer ist etwas am Kochen, entweder die Wäsche, die Windeln, der Nuckel oder sogar die ganze Flasche. Ihre Mutter sagt: „Das wird sich bald ändern. Dann darfst du auch mal wickeln und füttern." Darauf freut sich Lena, denn sie möchte endlich etwas mehr Kontakt mit dem Baby haben. Dieser ganze Aufwand ist sowieso schwer zu verstehen. Sophie kommt ihr nämlich gar nicht empfindlich vor, sondern riesengroß und kugelrund. Bisher dachte Lena, Säuglinge seien viel kleiner, mehr puppenähnlich und weniger stark.

Trotzdem spürt sie eine Art Verantwortung für die Schwester. Vor allem, weil sie sieht, wie viel Mühe sich ihre Mutter macht. Sicher darf man auch nichts falsch machen und muss vieles sehr genau nehmen. Wenn sich Lena an die Regeln hält, hilft sie damit allen Beteiligten. Dennoch hat sie das Gefühl, dass Sophie sich um all dies überhaupt nicht schert.

Wie selbstverständlich hat sie sich in die Welt gesetzt, einen Platz in ihrer Familie eingenommen und raumgreifend ausgefüllt.

Schlangenkuss

Lena gewöhnt sich an den neuen Tagesablauf. Vormittags Kindergarten, mittags gemütliches Essen bei Mutti und Sophie, nachmittags Spielen mit den Nachbarskindern. Die ungeliebte Zeit im Kindergarten trennt sie einfach gefühlsmäßig von der übrigen, in Freiheit genossenen, ab.

Was aber unweigerlich bleibt, ist die Tatsache, dass dadurch ihr Lebensgefühl erheblich gestört wird. Lena ist jetzt nicht mehr nur umgeben von ihrer schönen, verwunschenen Kinderwelt – beschützt von Mutti und der Kinderkarre. Vielmehr hat man ihr ein Stück davon herausgerissen und sie unsanft auf den Boden fallen lassen. Aber Lena ist ja schon groß ... bald kommt sie in die Schule. Mit Annas Hilfe und ihrer eigenen Kraft findet sie außerhalb der Kindergartenzeiten immer wieder zurück in ihr Reich, das sie mit den lieben Menschen und wertvollen Dingen teilt, die zu ihr gehören.

Sie gehen nicht mehr so oft in den Park, sondern verabreden sich immer häufiger ohne die Mütter, um im Hof, in den Garageneinfahrten oder im Labyrinth der Keller-, Wasch- und Werkstatträume des Häuserblocks zu spielen. Manchmal sind sie eine Bande von zehn bis fünfzehn Kindern aus der gesamten Nachbarschaft.

Das innigste Verhältnis hat Lena aber nach wie vor zu Anna. Beide sind sogar in der Lage, nachts unabhängig voneinander das Gleiche zu träumen. Und sie haben sich ewige Blutstreue geschworen. Dazu musste jede den Blutstropfen der anderen trinken – die noch blutenden Finger haben sie anschließend fest aneinander gepresst. Ohne Erwachsene dürfen sie noch nicht in den Park gehen, sonst würden sie es sicherlich tun!

Eines heißen Sommertages gehen Lena, Anna, deren Schwester und Mutter auf den Spielplatz, der hinter dem Weiher und dem „verzauberten" Bach, hinter dem Rosengarten neben der großen Wiese liegt. Lena kann sich nicht erinnern, schon einmal ohne ihre eigene Mutter hier gewesen zu sein. Heute sieht der Spielplatz irgendwie anders aus. Sie fühlt sich ein wenig unsicher. Vermutlich fehlt ihr Mutti. Mutti, die den nassen Waschlappen dabei hat, um ihr über die sandigen Hände und das schmuddelige Mäulchen zu wischen. Mutti, die aufpasst, dass sie nicht zu lange kopfüber an der Kletterstange hängt, und die darauf achtet, dass sie auf der Rutsche nicht abgedrängt wird. Und noch etwas fehlt ihr! Nein, ist es denn möglich? Doch! Am liebsten, am allerliebsten hätte sie ihre Kinderkarre dabei!

Stattdessen nichts von alledem. Sie kann tun und lassen, was sie will. Annas Mutter und die anderen sind weiter hinten auf einem kleinen, gepflasterten Rondell mit einigen Sitzplätzen. Dort füttern sie die in Scharen pickenden, handzahmen Tauben.

Lena steht jetzt etwas verloren vor der Rutsche. Dieser gigantischen, roten Rutsche, die sich in Form einer Schlange am Pfahl von oben in großzügigen Windungen nach unten dreht. Schon die Treppe, die man besteigen muss, scheint jedes Mal kein Ende nehmen zu wollen. Immer wenn Lena schließlich oben angelangt ist, kann sie sich nie richtig vorstellen, jemals unten anzukommen. Auf halber Strecke muss man durch ein geschlossenes Rohr – den Magen der Schlange – rutschen, das die Kinder erst im letzten Drittel der Rutsche wieder freigibt. Insgeheim wird sie das Gefühl nicht los, eines Tages an dieser Stelle verschluckt zu werden. So, als vergesse die Schlange einfach, sie am anderen Ende auszuspucken.

Heute stehen alle Kinder brav in einer Reihe vor der Treppe. Das alleine ist schon recht ungewöhnlich, denn sonst gilt hier das Gesetz des Stärkeren. Schließlich ist Lena an der Reihe und klettert die Sprossen empor. Wie immer stellt sie sich gedanklich auf die bevorstehende Gefahr ein, um dann die Erlösung in vollen Zügen genießen zu können. Kaum haben ihre Augen die Höhe der Plattform erreicht, als die schweren Schuhe eines großen Jungen dicht vor ihr auftauchen. Er tritt auf sie zu – hinter ihm drängelt sich eine Schar von etwa fünf Kindern – und fragt streng, ob sie rutschen wolle. Lena fühlt sich so überrumpelt, dass sie im ersten Moment keine Angst verspürt. Der Junge hat langes, dunkles Haar und finstere Augen. An seiner Oberlippe hat sich schon ein dunkler Flaum gebildet. Lena antwortet immer noch nicht und befürchtet schon, wieder hinuntergeschickt zu werden oder sich in die Ecke zu den anderen Kindern stellen zu müssen. Doch da sagt der Junge unvermutet: „Na los, du kannst rutschen, die anderen kommen später dran."

Lena gleitet wie in Trance hinab. Sie kann sich gar nicht auf die gefährliche Schlange konzentrieren. Immer noch hallen die Worte des Jungen in ihr nach. Sie ist sich sicher, soeben einer äußerst kritischen Situation entgangen zu sein, der sie sich freiwillig besser nicht mehr aussetzen sollte. Es ist völlig rätselhaft und verwirrend, warum gerade sie so ungeschoren davongekommen ist. Einige Kinder werden von dem Jungen ewig lange auf der Plattform festgehalten, bis sie endlich, den Tränen nahe, erlöst werden und rutschen dürfen. Andere müssen, oben angelangt, gleich wieder absteigen und dürfen überhaupt nicht mehr mitmachen. Wieder andere werden gezwungen, die Taschen zu leeren und ihm irgendeinen Tribut zu zollen. Das können hübsche Steine sein, Murmeln, ein Groschen vielleicht, Kaugummi oder Brausepulver.

Irgendwann beugt er sich in luftiger Höhe weit über die Brüstung und verkündet: „Ich bin jetzt der Herrscher über die Rutsche und jeder muss meinen Anweisungen folgen!" Man könnte meinen, dass sich nun einige Kinder zusammenschlössen, um gemeinsam dagegen anzugehen. Oder dass wenigstens alle für eine Zeit lang die Rutsche meiden würden, damit dem Angeber die Luft ausgehe. „Schmor doch selber da oben, bis dir die Hitze den Kopf aufweicht. Wirst schon sehen, was du mit deinem albernen Bärtchen davon hast", denkt Lena. Aber nichts dergleichen geschieht. Stattdessen stehen die Kinder immer noch artig Schlange und hoffen bang, dass sie zu den Auserwählten gehören. Und was ist das? Jetzt sieht sich Lena selbst auf die Rutsche zugehen! Sie will eigentlich gar nicht, doch etwas in ihr ist viel stärker, möchte dieses Prickeln und Kitzeln in der Magengrube spüren, möchte wagen und wissen, wie weit sie der Macht dieses Jungen etwas entgegenzusetzen hat. Denn eines ist ganz klar, sie muss etwas getan haben, was sie von den anderen unterscheidet. Wenn nicht, dann wird er sie vielleicht gar nicht wiedererkennen, und sie muss das Risiko eingehen, den Kürzeren zu ziehen. Das Rutschen ist auf einmal völlig nebensächlich geworden. Spannend ist jetzt nicht mehr das Hinunterkommen, sondern im Gegenteil das Hinaufklettern.

Es funktioniert! Tatsächlich erkennt der Junge Lena und lächelt sie sogar freundlich an. Sofort gibt er ihr den Weg frei, damit sie rutschen kann. Schnell rutschen, um gleich wieder hinaufklettern zu können! Alle Dinge haben sich umgekehrt, stehen Kopf! Lena fühlt sich furchtbar stark und unverwundbar.

Sie hat es geschafft, über ihren kleinen Mut hinauszuwachsen, und schwebt nur so dahin. Die Rutsche hinunter, die Treppe

hinauf. Hinunter, hinauf. Sie sind jetzt wie ein gleichwertiges Paar, der Junge als Herrscher und sie, die Königin. Es ist wie ein wunderbarer, ewiger Kreislauf, der ihr dennoch ganz allmählich die Kehle zuschnürt. So schön dieser Zustand auch ist, doch wie soll sie jemals aufhören können?

Immer wenn Lena unten ankommt, schaut der Junge ihr von oben nach und achtet darauf, dass ihr sofort wieder der Zutritt zur Treppe frei gemacht wird. Langsam schleicht sich ein Unbehagen ein, das ihr das Lächeln im Gesicht gefrieren lässt. Was passiert, wenn sie keine Lust mehr hat mitzuspielen?

Als Lena gerade wieder die Plattform betritt, kommt der Junge ganz dicht an sie heran und sagt: „Ab jetzt musst du eine Bedingung erfüllen, sonst ist es mit dem Spaß vorbei." Vor diesem Augenblick, vor dieser Enttäuschung hat sie sich die ganze Zeit unbewusst gefürchtet. Er kommt noch näher, packt sie fest mit beiden Händen und flüstert: „Gib mir einen Kuss."

„Ach, wenn es weiter nichts ist", denkt sie erleichtert und hält ihm schüchtern ihre Wange hin. Da dreht er unerbittlich und doch zärtlich Lenas Gesicht herum, um ihr einen entsetzlich langen, feuchten Kuss direkt auf den Mund zu geben. Dann gibt er sie frei, und sie rutscht wie betäubt davon. Unten angekommen wird sie – es geschehen noch Zeichen und Wunder – von Annas Mutter in Empfang genommen und daran erinnert, dass es Zeit sei aufzubrechen. Ohne sich noch einmal umzuschauen, verlässt Lena den Spielplatz und die Schlange, die sie fast nicht mehr losgelassen hätte.

Zu Hause wäscht sie sich so lange den Mund, bis ihre Lippen wund sind und furchtbar brennen. Worte wie „Verbotenes", „Sünde" und „Strafe" verknoten die Gedanken unentwirrbar mit dem gleichzeitigen Gefühlschaos von Unbehagen, Triumph und Lust zu einem überdimensionalen Knäul. Lena ist am Ende des Tages ganz ausgefüllt davon und sinkt in einen tiefen, erlösenden Schlaf.

Dies ist ein Erlebnis, so süß und schrecklich zugleich, von dem sie nie jemandem erzählen will ...

Schaukelbewegung

Schaukeln sei für Kinder ein Grundbedürfnis, sagt man. Für Lena und Anna ist es viel mehr als das. Es ist eine Reise, ein Flug in eine andere Dimension, die nur sie beide kennen und miteinander teilen. Ein Rausch, eine Ekstase, die sie nur gemeinsam erreichen können.

Alleine tut sich überhaupt nichts. Da kann man noch so wild schaukeln, den Körper noch so kraftvoll in die Höhe schwingen, das Kribbeln im Bauch noch so sehr genießen, die Seele bleibt am Boden kleben.

Anna wohnt im letzten Stockwerk eines großen, alten Hauses auf der gegenüberliegenden Straßenseite. Es hat schmale, hohe Fenster, verschnörkelte Balkone, verwinkelte Erker und ein kunstvoll verziertes Mauerwerk. Das Haus wirkt düster und mächtig, unbewohnbar und lebendig zugleich. Die schwere alte Eingangstür ist wie ein Schlund, der die Menschen hineinzieht und nur unwillig wieder freigibt. Die einzelnen Stockwerke und Zimmer sind so hoch, dass Mensch und Mobiliar verschwindend klein wirken. Lena kommt sich immer wie ein kleines Erdenwürmchen vor, das von einem Geist an der Zimmerdecke beobachtet und ausgelacht wird. Besonders unheimlich ist das Treppenhaus. Es riecht geheimnisvoll, etwas moderig, alt und verfallen. Das dämmrige Licht – nur spärlich dringt Helligkeit durch die kleinen Korridorfenster – lässt vergangene Geschichten und Gestalten erahnen. Geschichten, die sich in grauer Vorzeit hier zugetragen haben und Gestalten, deren Schatten Lena manchmal aus den Augenwinkeln heraus an den Wänden zu erkennen glaubt. Wenn sie aber genauer hinschauen will, haben sie sich im selben Moment schon wieder aufgelöst.

Lena sieht stets zu, dass sie die Treppenhauszone so schnell wie möglich hinter sich bringt und stürmt hinauf. Oben wartet Anna meistens schon am Wohnungseingang. Wenn sie die Tür hinter sich zugeschlossen haben, ist für Lena die größte Gefahr ge-

bannt. Das Schattenreich wird erst einmal ausgesperrt, bis sie später den Rückweg antreten muss.

In der Wohnung ist es kühl und dunkel. Die einzige Lampe reicht nicht aus, um den riesigen, verwinkelten Flur zu erhellen. Gleich vorne im Eingangsbereich liegen das Kinderzimmer, das Wohnzimmer und das Elternschlafzimmer. Der Flur verläuft von hieraus zunächst einige Meter nach rechts, macht dann einen scharfen Knick – wieder nach rechts – und führt schließlich in die Wohnküche, den einzigen Raum an diesem Ende. Die Küchentür ist immer verschlossen. Der schmale, seitliche Türspalt lässt nur einen schwachen Lichtschein in die Dunkelheit fallen. Haarscharf zeichnet sich aber die Form des Türschlosses durch die dahinter herrschende Helligkeit ab. Dieser kleine Lichtpunkt ist wie ein wachsendes Glühwürmchen, das den Weg in die rettende Wärme und Sicherheit weist.

Alleine hat Lena große Angst auf dem kahlen Flur. Vor allem, wenn sie manchmal von der Küche aus zur Toilette gehen muss, die draußen im Treppenhaus liegt. Der Flur ist so lang und still, so dunkel und gespenstisch, dass es für eine einzige Kinderseele kaum zu ertragen ist. Trotzdem ist diese Angst auch faszinierend und unglaublich erregend. Sie macht Lena lebendig und versetzt sie in die Lage, die Gefahr zu meistern. Immer wieder schafft sie es, zur Toilette zu gehen und zurückzukommen.

Zu zweit vermögen Lena und Anna noch viel mehr! Sie sind in der Lage, den Geist des Flures für kurze Zeit zu besiegen. Dafür brauchen sie aber ein Hilfsmittel, einen magischen Gegenstand, der ihnen zusätzlich Kraft verleiht. Und das ist die Schaukel. Diese Schaukel, die mitten im Flur hängt. Ein Mahnmal, das von Leben zeugt, von Freundschaft und Kinderlachen.

Das Ritual ist immer gleich. Lena, die etwas größer und schwerer ist, setzt sich direkt auf das Schaukelbrett. Anna nimmt, ihr zugewandt, auf Lenas Schoß Platz. Beide beginnen, sich ihre nächtlichen Träume zu erzählen und dabei ganz seicht zu schaukeln. Je näher sie dem Höhepunkt ihrer Träume kommen, umso kräftiger werden die Schaukelbewegungen …

Bis schließlich der Moment erreicht ist, wo Anna aufsteht und mit unglaublicher Kraft die Schaukel immer höher treibt. Alles um sie herum weht und verschwimmt, wird strahlend hell. Es ist, als stießen sie durch eine Nebelwand in die ersehnte Dimension ihrer fantastischen Träume, voller Freiheit und Glück. Hier bedarf es keiner Worte mehr.

Lena liebt den Moment, eben noch zu sitzen und mitzuschwingen, während Anna schon steht und den entscheidenden Druck ausübt. Bis sie dem inneren Drang nicht mehr widerstehen kann und sich ebenfalls bei vollem Tempo aufrichtet. Nun schaukeln beide in höchster Verzückung und mit allen Leibeskräften. Ihre Hände werden kalt durch den Luftzug und das angestrengte Festhalten am Seil. Die Augen fangen an zu tränen, aber ihre Gesichter lachen. Die Köpfe stoßen abwechselnd an die Decke, doch sie spüren keinen Schmerz. Erst wenn die Puste gänzlich ausgeht, der Rausch langsam abebbt und die Schaukel schließlich zum Stehen kommt, bemerken sie ihre Blessuren. Sie haben Schwielen an den Händen und fassen sich lachend an die Köpfe, die ein wenig platter aussehen als gewöhnlich. Außerdem liegt eine ganz feine Mörtelschicht wie Schuppen auf ihren dunklen Haaren und der Kopfhaut.

Am nächsten Morgen zeugt nur noch eine längliche, verdammt irdische Beule von Lenas und Annas himmlischem Höhenflug. Sie zieht sich über den gesamten Mittelscheitel und macht ein wenig Kopfschmerzen. Meistens kann sich Lena dann nur noch vage an den zauberhaften Rausch erinnern. Jahrzehnte später wird die Erinnerung zurückkommen.

Diese herrlichen Kindertage haben sich ganz tief und fest in ihrem Herzen eingegraben.

Bildstörung

Lena ist jetzt acht Jahre alt und ein ernstes Kind, wie ihre Eltern meinen. Aber das findet Lena überhaupt nicht. Vielmehr haben die Erwachsenen gar keine Ahnung. Sie fühlt sich nämlich sehr glücklich!

Abends im Bett denkt sie oft über den vergangenen Tag nach, wie sie mit ihren Freunden unten im Hof gespielt, Butzen gebaut und kleine Gärten angelegt hat. Wie sie sich über die Teppichstange auf die Mauer geschwungen haben und über die verbotenen Garagendächer immer höher auf andere, flache Hausdächer geklettert sind, um von dort auf Straßenpassanten hinunterzuspucken. Wie sie manchmal heimlich über Mauern in benachbarte dunkle Hintergärten und Höfe geschaut und sich furchtbar vor dem schwarzen Mann gefürchtet haben.

All diese Erlebnisse und noch viel mehr bestimmen Lenas Tage. Sie fühlt sich in einem unendlichen Sog des Lebens und Entdeckens, wobei sich manchmal die Strudel der Ereignisse überschlagen. Trotzdem findet sie immer wieder die Muße, sich abends noch einmal den Tag zurückzurufen und eine Stelle zu finden, die ihr besonders gut gefallen hat. Wenn es ihr einmal nicht gelingt, dann denkt sie sich einfach schöne Ereignisse, die in naher Zukunft liegen und auf die sie sich besonders freuen kann. So ein Ereignis könnte zum Beispiel ein geplanter Urlaub, einer der zahlreichen Wochenendausflüge oder einfach ein Besuch sein. Es ist eine schöne Kindheit und das Leben scheint vollkommen.

Aber da gibt es noch etwas anderes. Einen Schatten ... und eine fast unmerkliche Furcht, die sich Lenas Gedankenwelt nähern. Sie sind ganz dicht unter der Oberfläche des Bewusstseins und lauern nur darauf, ans Tageslicht zu kommen.

Lena ist von Natur aus nicht sehr fromm, ihre Eltern haben ihr nur die üblichen Bräuche des Christentums beigebracht. Sie hat gelernt, abends ihr Nachtgebet zu sprechen und ab und zu mit der Familie in die Kirche zu gehen. Ihre Patentante allerdings, die direkt nebenan in der Nachbarwohnung lebt, ist sehr gläubig. Lena findet sie so heilig, dass sie manchmal Angst bekommt. Nein, sie hat keine Angst vor ihrer Tante, die mag sie sehr gern, und oft ist sie auch zu Besuch bei ihr. Sie hat vielmehr Angst vor dem, was sie ihr erzählt und aus der Bibel vorliest. Dass Gott zum Beispiel alles sieht und alles weiß. Oh, wie schrecklich! Einerseits glaubt Lena daran, aber andererseits zweifelt sie ganz furchtbar. Und die, die zweifeln, sollen doch die Schlimmsten sein. So hat sie es jedenfalls verstanden.

Da Lena den Erwachsenen von jeher ungern ihre Gefühle oder Schwächen zeigt, würde sie ihr Unwohlsein auch niemals zugeben. Stattdessen glaubt nun jeder, dass sie ein frommes Mädchen sei, was alles noch komplizierter macht und ihr schlechtes Gewissen allmählich verstärkt. Das abendliche Gebet kann sie auf einmal nicht mehr kindlich unbedarft und doch ehrlich aufsagen. Ein mulmiges Gefühl schleicht sich ein, das sie nicht verstehen kann. Eines Tages hängt ihr Vater ein Bild am Ende des langen, schmalen Wohnungsflures auf. Es ist ein farbiger Zeitungsdruck – wahrscheinlich von einem berühmten Maler –, den er auf eine Holztafel aufgezogen hat. Das Bild zeigt ein religiöses Motiv. Lena glaubt, dass es der Sündenfall ist. Davon hat sie schon gehört. Es sind unglückliche Menschen zu sehen, die spärlich bekleidet voller Verzweiflung in ein tiefes Loch fallen. Dort wartet der Teufel schon auf sie. Rechts oben über der Erdspalte schwebt eine Person mit Heiligenschein – Gott oder Jesus? –, die den Finger auf die Menschen richtet und mit strafendem Blick die schrecklichen Dinge geschehen lässt. Sie hat nichts Barmherziges an sich.

Lena möchte eigentlich, dass dieses Bild wieder abgehängt wird, aber sie traut sich nicht etwas zu sagen. Irgendwie muss sie mit diesem furchtbaren „Fingerzeig" alleine fertig werden. So vergeht ein Jahr und das Bild verliert nichts von seinem Schrecken. Im Gegenteil. Es scheint immer bedrohlicher auszustrahlen und irgendwie lebendig zu werden, so dass Lena immer mehr in seinen Bann gezogen wird. Sie hat das Gefühl, ihm wie einem Götzen huldigen zu müssen. Vielleicht lässt es sich so besänftigen. Jedes Mal wenn sie den Flur betritt, schaut sie kurz und furchtvoll lächelnd das Bild an. An manchen Tagen versucht sie, den Anblick zu vermeiden, doch dann wird alles noch schlimmer. Ab und zu kommt das Bild sogar in nächtlichen, bedrohlichen Träumen vor.

Lena beschränkt sich nun bei ihren täglichen Huldigungen nicht mehr nur auf den heimlichen Blick und das Lächeln, sondern fügt noch eine fast unmerkliche Verbeugung hinzu. Sie spürt zwar, dass das alles nicht normal sein kann, aber es geht eben nicht anders. Jetzt glaubt sie sogar schon manchmal, Bewegungen auf dem Bild zu erkennen.

Eines Nachts hat sie wieder einen Traum. Er beginnt ähnlich wie die anderen „Bild-Träume", die sie in der letzten Zeit heimgesucht haben. Sie möchte einfach nur den Flur überqueren, kann sich aber plötzlich nicht mehr bewegen. Gleichzeitig entsteht ein regelrechter Sog, der sie in die Richtung des Bildes ziehen will. Dabei wird der Flur auf magische Weise gummiartig hin und her gezogen. Der Raum verzerrt sich, das Bild scheint näher zu kommen, und die Personen darauf geraten in Bewegung.

Lena biegt sich wie eine Palme im Sturm und stemmt sich mit aller Macht gegen die überirdische Kraft ... Doch da löst sich die Halluzination unerwartet auf, um sie herum wird alles in ein strahlendes Licht getaucht. Dieses Licht wird immer greller und mächtiger, ihr Kopf dröhnt, so dass Lena fürchtet, den Verstand zu verlieren. Es ist, als ob sie für ihren Frevel, ihre Götzenanbetung zur Rechenschaft gezogen wird und zur Strafe nie mehr heimkehren darf! Aber es geschieht anders. Sie fühlt, wie sie in ihren Körper zurückschlüpft, und findet sich schweißgebadet im Kinderbett wieder.

Lena ist sich ganz sicher, dass dies kein richtiger Traum war. Sie glaubt, eben beinahe gestorben zu sein, und fühlt sich gleichzeitig wie neugeboren. Von Grund auf gereinigt und befreit. Als sie am nächsten Morgen über den Flur geht und zum Bild schaut, ist es nicht mehr am Leben. Völlig bedeutungslos hängt es dort, einfach nur ein Kunstdruck und noch nicht einmal ein besonders guter. Jetzt weiß sie, dass es nicht wichtig ist, unbedingt an den Gott zu glauben, von dem andere berichten. Und an gruselige Bibelgeschichten, die andere erzählen. Viel wichtiger ist es, auf sich selbst zu vertrauen, sich nicht zu verlieren und nichts über den eigenen Verstand Macht gewinnen zu lassen.

Das ist die beste Grundlage für einen selbstverständlichen, kindlichen Glauben. Lenas Gott hat durch den Traum zu ihr gesprochen. Von nun an empfindet sie keine Angst mehr vor ihm. Er hat sie ausgeschimpft und wachgerüttelt.

Sie ist mit dem furchtbaren Fingerzeig fertig geworden.

Regenzeit

Der Sommer ist heiß und schwül, scheint niemals enden zu wollen. Lenas Vater sagt: „Über der Stadt liegt eine riesige Dunstglocke." Lena muss dann an die Käseglocke in der Küche denken, deren Glasdeckel auf einem runden Holzbrettchen sitzt. Nun stellt sie sich statt des Käses die vielen Häuser ihrer Stadt darunter vor. Nein, das gefällt ihr überhaupt nicht und der Vergleich ist nicht zutreffend. In „ihrer" Stadt fühlt sie sich weder gefangen noch eingeschlossen. Sie kann herrlich atmen und stinken tut's schon gar nicht.

Seit Lena mit ihrer Mutter nicht mehr regelmäßig in den Park geht – das hat mit Beginn der Schulzeit allmählich nachgelassen –, ist der Hof hinter ihrem Mehrfamilienhaus zu einem beliebten Treffpunkt für alle Kinder aus der Nachbarschaft geworden.

Es ist kein gewöhnlicher trister Hinterhof, sondern ein Stück Paradies! Wie ein umgekehrtes „T" teilt der asphaltierte Weg die große rechteckige Wiese in zwei Hälften. Auf diesem Weg hat Lena Roller-, Fahrradfahren und Rollschuhlaufen gelernt. Hier spielen sie „Straße", „1-2-3 wer hat den Ball" und „Gummitwist". Links und rechts von den jeweiligen Rasenflächen befinden sich angelegte Kulturen mit Blumen, Sträuchern und Bäumen. Daran grenzen Mauern und Häuserwände, die den Hof ringsum einfassen. In den Blumenbeeten dürfen die Kinder graben und pflanzen, unter den Bäumen werden tote Käfer, Vögelchen und kleine Haustiere feierlich beerdigt. Die Wiese ist zum Toben da. Im Sommer dürfen sie ein Planschbecken aufstellen oder sich gegenseitig mit dem Gartenschlauch nass spritzen. Die Stangen mit den Wäscheleinen dienen als Gerüst für Hütten aus Decken, in denen bis zu acht Kinder Platz finden. Dort suchen sie Schutz vor dem Regen, erzählen sich Gruselgeschichten oder spielen „Schnipp-Schnapp" – ein Kartenspiel.

Dieser Sommer hat vielversprechend begonnen. Die Tage waren sehr heiß. Die Kinder haben sich ein Zelt aus Decken gebaut und viele Stunden darin verbracht, bis ihnen von der schwülen Luft schwindelig wurde. Heute hat es begonnen zu gewittern und später regnete es so stark, dass sie ihr Zelt abbauen mussten. Aber nach dem Regen wollen sie genau da weiterspielen, wo sie vorhin aufgehört haben. Das ist fest verabredet, darauf freut sich Lena schon sehr. Mit dieser Gewissheit und dem unumstößlichen Glauben an das Morgen sitzt sie jetzt zufrieden am Fenster zur Straße. Sie schaut durch die Regentropfen auf den nassen Asphalt ... Es wird zwei Wochen dauern, bis der Regen endlich nachlässt.

Eben hat es geklingelt, Sonja steht vor der Tür. Wie immer hält sie einen dicken, grünen Apfel in der Hand. Ihre glatten, blonden Zöpfe stehen ab und werden jeweils von einem Gummiring mit zwei Kugeln straff am Kopf gehalten. Die Kugeln haben die gleiche Farbe wie der Apfel. „Was wollen wir machen?", fragt Sonja. Darauf ist Lena nicht vorbereitet. Noch nie hat sie sich diese Frage gestellt. Egal wie viele Kinder sie waren, immer sind sie gemeinsam durchs Treppenhaus gestürmt, um gleich loszulegen. Oder sie haben sich unten im Hof getroffen, und sofort hatte eines von ihnen die zündende Spielidee, die die anderen mitriss. Und jetzt? Lena weiß keine Antwort auf Sonjas Frage. Sie wollten doch eigentlich ihr Zelt wiederaufbauen …

„Lass uns erst einmal auf den Hof gehen", weicht Lena aus und versucht, nicht allzu unsicher zu wirken. Es scheint zu funktionieren. Sonja ist eigentlich wie immer. Sie erzählt von ihrem Wellensittich, der einige Worte sprechen kann, und von ihrer Mutter, die ständig über den angeblich schmutzigen Vogelkäfig meckert. Halt! Sonja ist doch irgendwie verändert. Sie wirkt auf einmal größer, erwachsener, weniger kindlich als noch vor ein paar Tagen. Kann das sein? Unter ihrem T-Shirt zeichnen sich ganz deutlich kleine Brüste ab und an der Stirn zeigen sich einige Pickel. Plötzlich ist es, als schaue Lena in ihr eigenes Spiegelbild. All diese Dinge hat sie schon an sich selbst beobachtet. Sie muss sich jetzt auch viel öfter die Haare waschen, und andere kleine Unannehmlichkeiten haben sich eingestellt. Ach, sie ist schon lange aufgeklärt, aber bisher hatte ihre körperliche Veränderung noch nie eine Rolle gespielt.

Jetzt stehen Lena und Sonja auf dem Rasen und fühlen, dass er viel zu nass ist, um darauf ein Zelt zu errichten. Wie aus einem Munde sagen sie: „Ich habe sowieso keine Lust dazu." Was sie im Moment noch nicht ahnen können: Nie wieder werden sie sich ein Zelt aus Decken bauen. Nie wieder werden sie richtige Lust verspüren, die alten Kinderspiele zu spielen, die so lange ihre Wegbegleiter waren. An diesem Tag überfällt Lena noch eine entsetzliche, tiefe Traurigkeit. Ohne es zu wissen, trauert sie um den Sommer, die Kindheit und die Fähigkeit, so unbefangen zu spielen wie früher. Die gemeinsamen sorglosen Jahre ihres Aufwachsens sind mit einem Schlag Vergangenheit.

Die alten Freundschaften bestehen natürlich noch weiter, aber jeder Einzelne von ihnen ist von nun an ein winziges Stückchen anders, hat sich ein winziges Stückchen vom Anderen entfernt.

Erwachsenwerden

Lena wohnt nicht mehr in ihrer geliebten Stadt. „Aus beruflichen Gründen müssen wir umziehen", hat Papa gesagt.

So leben sie nun seit einigen Jahren in einer kleinen niedersächsischen Stadt zwischen Hannover und Braunschweig, weit weg von der alten Heimat. All die guten Freunde sind nicht mehr da und merkwürdige, für Lena unbekannte Verwandte, tauchen in dieser Gegend plötzlich auf. Mit Familie hat sie gerade nicht viel im Sinn.

Die Teenagerzeit liegt bald hinter ihr, noch ist sie auf der Suche. Aber wonach? Die sogenannte Pubertät war ein einziger Kampf. Sie haderte weniger mit sich selbst als mit all den anderen um sie herum. Doch irgendwie hat sie es geschafft durchzuhalten. Der Kampf ist beendet, die Luft ist raus, die Schule aus. Und sie ist volljährig geworden, kann jetzt bei ihrem Freund Jan übernachten, ohne dass ihre Eltern einen Riesenaufstand machen. Na, welche Errungenschaft! Es gibt auch berufliche Perspektiven. Lena möchte studieren und in zwei Monaten ein Praktikum beginnen.

Alle Wogen haben sich geglättet, alle Stürme in Wohlgefallen aufgelöst. Aber was war der Preis? Wo ist Lena abgeblieben? In all den schwierigen Jahren wusste sie eigentlich immer, wer sie war und wofür sie kämpfen musste. Natürlich wurde Lena von Zweifeln geplagt, doch sie hat sich nie selbst vergessen. Sie sah sich viel zu sehr im Mittelpunkt aller Konflikte, als dass sie dabei hätte verloren gehen können. All das ist nun vorbei.

Lena fühlt sich leer und ausgelaugt. Sie hat den Gipfel erklommen und schaut ein wenig ratlos hinunter. Statt der erhofften Aussicht auf ferne, neu zu entdeckende Landschaften, blickt sie in einen neblig verhangenen Abgrund, dessen Ende nicht zu erkennen ist. Sie wird den langen Abstieg antreten, in der Hoffnung, ihren Weg zu finden. Und was passiert, wenn sie einmal daneben tritt? Nichts. Nichts kann passieren, weil sie in ein

Nichts fallen wird, über das sie sich keine Sorgen machen muss. Das Nichts wird sie auffangen und einlullen und ihr alle Probleme nehmen. Dieser Gedanke ermutigt Lena weiterzuwandern und gibt ihr eine düstere, aber wohlige Geborgenheit.

Zwei Wochen sind seit dem Schulabschluss vergangen. Der erste Jubel hat sich gelegt, geblieben sind die Fragen. Soll Lena wirklich mit Jan zusammenziehen? Kann es gut gehen? Ihre Beziehung ist in der letzten Zeit von Eifersüchteleien und Missverständnissen geprägt. Dennoch ist er für sie der Mittelpunkt in ihrem Leben. So scheint es leichter, sich einigen Entscheidungen entziehen zu können. Lena braucht sie nur von der Reaktion ihres Freundes abhängig zu machen und schon ist sie die Verantwortung los. Das ist ziemlich bequem.

Vor den Welten, die beide voneinander trennen, schließt sie einfach die Augen. Im Moment funktioniert das ganz gut. Die wahren Antworten, die sie braucht, setzt sie einfach auf die Warteliste.

Atemlos

Es gibt gute, mittlere und schlechte Tage, aber keine besonders aufregenden. Einer dieser scheinbar mittelmäßigen beginnt gerade. Es ist Samstag, Lena hat fast bis Mittag geschlafen und eben ihr Frühstück beendet. Mit ein wenig Glück wird Jan in einer Stunde kommen, um sie abzuholen. So genau weiß man das bei ihm nie, da hilft die feste Verabredung auch nichts.

Diesen Samstag ist er pünktlich. Sie wollen das Wochenende gemeinsam verbringen und fahren zunächst nach Hannover, um Besorgungen für ihre künftige gemeinsame Wohnung zu machen. Jedenfalls hat sich Lena gerade mal wieder eingeredet, dass sie ganz sicher zusammenziehen werden. Der Tag verläuft harmonisch, obwohl sich – fast unmerklich – eine bedrückende Stimmung einschleicht. Es ist ein undefinierbares Gefühl, das mit Abschied, Vergangenheit und Verlust zu tun hat. Sie ist sich nicht sicher, ob es vielleicht nur von ihr ausgeht und mit ihrer allgemeinen Verfassung zusammenhängt oder ob die Verstimmung auf Gegenseitigkeit beruht. Egal, wie so viele andere komische Gefühle wird auch dieses beiseite geschoben und möglichst nicht beachtet. „Lass es heute einen schönen Tag sein, liebe Lena", denkt sie sich und versucht, den Augenblick zu genießen

Das Juniwetter ist angenehm warm und mild, sogar die Abende kann man noch lange draußen verbringen. Als sie von ihrem Einkauf zurückkehren, hat die Dämmerung schon begonnen. Die Landluft ist geschwängert vom typischen Rauch- und Fleischgeruch der vielen Grillfreunde in dieser Gegend. Auch einige Nachbarn ihres Freundes haben sich im Garten um einen Grill versammelt und begrüßen beide mit einladenden Gesten. Nach kurzem Zögern nehmen sie das Angebot an und gesellen sich zu der kleinen Gruppe. Das Fleisch schmeckt gut und Bier fließt reichlich. Die Nacht wird kühl, aber Lena spürt es kaum. Mit steigender Stimmung steht sie auf einmal ausgelassen im Mittelpunkt der Runde. Einige gratulieren ihr nachträglich zur

Volljährigkeit und zum Abitur, andere bewundern ihre weiteren beruflichen Pläne. Jan zieht sich immer mehr zurück.

Die Welt scheint sich jetzt schneller zu drehen, Wahrnehmungen werden verzerrt. Lena ist noch nicht betrunken – glaubt sie – nur heiter und angeregt. Irgendwann beschließen alle, ins Haus zu gehen. Die gesamte Party wird in die Nachbarwohnung verlegt. Unerwartete Wärme trifft Lena wie ein Keulenschlag. Helles Licht und menschliche Gestalten, Stimmengewirr und Musik vermischen sich zu einem heillosen, rauschenden Durcheinander. Sie findet Platz an einem Tisch, der reichlich mit alkoholischen Getränken und Gläsern gedeckt ist.

Nein, sie möchte jetzt keinen Alkohol trinken, nur ein Glas Cola. Irgendjemand schiebt ihr lachend eines zu. Durch das vorher genossene, würzige Fleisch hat sie jetzt doch großen Durst und leert es in schnellen Zügen. Kurz darauf steht wieder ein volles Glas vor ihr. Wo ist eigentlich Jan? Lenas Gesichtsfeld hat sich stark verengt. Sie sieht ihn gerade noch schemenhaft neben sich sitzen, wie eine unbeteiligte Spielfigur. Er hat sich anderen zugewandt und bemerkt nicht, dass Lena immer tiefer abstürzt. Nach dem dritten oder vierten Glas Cola – sie hat nicht mitbekommen, dass jedes Mal Weinbrand in das Getränk gemixt worden ist – kann sie nur mit Mühe den Wunsch artikulieren, jetzt ins Bett gehen zu wollen. Das pulsierende Rauschen um sie herum ist fast unerträglich geworden. Immer wieder tauchen Gesichter vor ihr auf und scheinen anschließend hämisch grinsend zu verschwinden. Irgendwie schafft sie mit Jans Hilfe die steile Treppe nach oben, um schließlich in die weichen Kissen zu sinken. Endlich, Ruhe! Das Bett dreht sich zwar rasend schnell, so dass sie immer heftiger atmen muss, aber sie braucht ja nur die Augen zu schließen. Dann kann sie hinabtauchen und sich fallen lassen. Sie wird aufgefangen ... vom Nichts.

Lena fühlt sich auf einmal frei und unbelastet. Ist es das, was sie schon immer geahnt und gesucht hat? Etwas außerhalb von ihr hört auf zu existieren, sie braucht jetzt keine Luft mehr. Ihr wirkliches Ich ist so wach und intensiv, so herrlich eins und schwebend, dass sie nie mehr diesen Zustand verlassen will. Lena merkt, wie sie sich ganz langsam von ihrem Körper zu lösen beginnt ... Da wird sie plötzlich brutal und unerbittlich zurückgezerrt. Jemand drückt auf ihren Brustkorb. Lippen pressen sich auf ihren Mund und pumpen Sauerstoff in den schlaffen Körper. Sie schreit innerlich: „Nein, nein, lasst mich in Ruhe, mir geht es gut!" Doch niemand kann sie hören. Sie muss diese wunderbare Dimension verlassen. Lena fällt in ein tiefes Zeitloch, aus dem sie erst am nächsten Morgen im Krankenhaus erwacht.

Oh, sie fühlt sich verwirrt, aber erfrischt. „Wo bin ich?" Nur ganz langsam kommt die Erinnerung an den letzten Abend zurück. Lena schafft es nicht weiter als bis zu dem Moment, wo sie sich ins Bett gelegt hat. Der Rest besteht aus traumlosem Schlaf. Ein Gefühl ist jedoch in ihr hängen geblieben, eine ureigene, schlummernde Erfahrung. Jetzt steht sie auf und schaut sich im Zimmer um. Es ist eigentlich kein Zimmer, sondern ein Waschraum mit Dusche, Badewanne und diversen Geräten. Lena geht zum Waschbecken und erfrischt ihr Gesicht mit dem kühlen Leitungswasser. Sie findet einen Stapel Papierhandtücher und trocknet sich ab. Dann schaut sie vorsichtig in den Spiegel. Beruhigt stellt sie fest, dass sie genauso aussieht wie vorher. Wie vorher? Jetzt ist also nachher – aber was lag dazwischen? Äußerlich ist Lena keine Veränderung anzumerken.

„Guten Morgen!" Irgendwann kommt eine Krankenschwester und bringt das Frühstück. Kurz darauf erscheint eine junge Ärztin und nimmt die Personalien auf. Lena fragt: „Was ist denn eigentlich passiert? Wieso bin ich hier, wann kann ich nach Hause?" „Alkoholvergiftung", antwortet die Ärztin unpersönlich. „Sie können sofort nach Hause, ihr Freund wartet schon draußen." Peng. Das war's. Alkoholvergiftung! Welch ein hässliches Wort für das, was Lena tatsächlich erlebt hat. In dem Moment wird ihr bewusst, wie sehr sie ganz allein für ihr Leben verantwortlich ist.

Später erfährt sie noch von einigen Fakten der vergangenen Nacht – Atemstillstand, Wiederbelebung, Blaulichtfahrt, Magenauspumpen. Doch das sind für Lena unwichtige Äußerlichkeiten, an die sie sich auch nach Jahren nicht erinnern kann. Die Empfindungen aber, die sie während des Atemstillstandes hatte, werden mit der Zeit immer klarer und deutlicher.

An sie erinnert Lena sich gerne zurück, sie haben etwas Beruhigendes, Warmes, Beschützendes an sich.

Novembertag

Lena macht gerade ihr halbjähriges Praktikum im grafischen Atelier einer Werbeagentur. Sie möchte anschließend Grafik-Design an der Fachhochschule Hannover studieren. Die Bewerbung um den Studienplatz ist erst möglich, wenn der Nachweis für das abgeschlossene Praktikum vorliegt. Sie hat gehört, die Aussichten seien gar nicht so gut, gleich beim ersten Anlauf genommen zu werden. Aber Lena ist zuversichtlich. Von ihrem Weg will sie sich nicht abbringen lassen.

Übrigens, sie ist doch nicht mit Jan zusammengezogen, keine Rede mehr von gemeinsamen Zukunftsplänen. Egal, Lena liebt ihren Job und findet viel Anerkennung bei den Kollegen. Von Montag bis Freitag fährt sie mit dem Zug nach Hannover. Dann geht es vom Hauptbahnhof aus mit der Straßenbahn, dem Bus und zu Fuß weiter. Es macht Spaß, zum ersten Mal fest in einen Arbeitsablauf eingebunden zu sein. Ihre Gefühlswelt ist ausgeglichen, die neuen beruflichen Erfahrungen sind vielfältig. Eine Phase von Normalität und Ordnung scheint angebrochen zu sein. Was kann jetzt schon Schlimmes passieren?

Die Novembertage sind grau, die Arbeiten im Atelier farbenfroh und interessant. Wenn Lena gegen halb sechs die Firma verlässt, ist es draußen dunkel und ungemütlich. Auch heute regnet es wieder. Sie will die Nacht bei Jan verbringen – er lebt inzwischen in Hannover – und erst am nächsten Abend zu ihren Eltern fahren. Alles ist geregelt.

Um zur Bushaltestelle zu gelangen, muss Lena eine breite vierspurige Ausfallstraße überqueren. Zu dieser Uhrzeit sind fast alle Autofahrer schneller unterwegs als erlaubt, da sie möglichst rasch nach Hause wollen. Trotz des beleuchteten Zebrastreifens müssen die wenigen Fußgänger, die sich bei dem Wetter noch vor die Tür wagen, sehr aufmerksam sein.

Als Lena den Zebrastreifen betritt, ist sie ganz allein. Auch die Bushaltestelle, schräg gegenüber, liegt verlassen da. In der Ferne ist das herannahende Scheinwerferpaar eines Autos deutlich zu erkennen. Die Straße schimmert nass und glänzend, doch im Moment hat der Regen nachgelassen. Lena erreicht bald die Mitte der Fahrbahn. Der sichere Fußweg ist noch ein gutes Stück entfernt und will einfach nicht näher kommen. Dafür schwellen die Motorengeräusche immer bedrohlicher an. Schon hundertmal ist sie hier langgegangen, doch nie war die Stimmung so wie heute Abend. Es scheint, als gäbe es weit und breit nur noch Lena, die Motorengeräusche und das gleißende Scheinwerferlicht, das jetzt dicht neben ihr die Dunkelheit zerreißt.

Sie denkt noch: „Nein, das kann nicht sein. Autos halten an, um Fußgänger auf Zebrastreifen vorbeizulassen. Jedes Kind lernt das." Doch der Lärm schwillt ohrenbetäubend an, das Licht wird immer greller! Alles fließt ineinander. Im letzten Bruchteil der Sekunde befreit sich Lena von ihrem lähmenden Schrecken und macht einen Satz nach vorne.

Plötzlich ist sie wieder ein kleines Mädchen, das in seinen Albträumen von unbekannter Macht verfolgt wird und versucht, vor einer ungeheuerlichen Gefahr wegzulaufen. Lena, die sich nur im Zeitlupentempo fortbewegen kann, deren einzige Rettung das Erwachen ist. Auch jetzt bleibt dieses Erwachen nicht aus. Es wird durch einen dumpfen Schlag ausgelöst, der nur allzu schreckliche Realität ist. Nie hätte sie gedacht, dass das Aufeinanderprallen von Fleisch, Knochen und Metall ein solch lautes Geräusch erzeugen könnte. Sie wird durch die Luft geschleudert und verliert die Orientierung.

Als sie am Straßenrand in einer Pfütze wieder zu sich kommt, weiß sie nicht, wie weit sie vom Zebrastreifen entfernt ist und auf welcher Fahrbahnseite sie sich befindet. Der Kopf ist irgendwo aufgeschlagen. Lena scheint immer noch allein zu sein. Niemand da, Stille, Dunkelheit. Vielleicht kann sie ja unbemerkt aufstehen und sich einfach von diesem grässlichen Ort entfernen. Sie möchte nach Hause, sie möchte zu Jan. Hoffentlich hat er nicht vergessen, dass sie heute verabredet sind. Was ist, wenn er ihr Fehlen gar nicht bemerkt?

„Wo ist mein Schuh?", fragt sich Lena. Ohne Schuh gibt es auch kein Entkommen. Völlig kraftlos und benommen versucht sie, sich zu erheben. Das linke Bein versagt ihr seine Dienste. Auch das noch! Die Schmerzen lassen noch auf sich warten.

Da greift ihr plötzlich jemand unter die Arme und fragt besorgt: „Wie geht es Ihnen?" „Weiß nicht, wo ist mein linker Schuh?" In Lenas Kopf hat nur noch der Schuh-Gedanke Platz. Er lässt keinen Schmerz aufkommen, keine Fragen und keine Antworten. Er blockiert ihr Gehirn und sorgt dafür, dass sie bei Bewusstsein bleibt. Der Mann – er ist der Unfallfahrer – trägt sie in sein Auto und fährt zum Krankenhaus. In der Notaufnahme kommen die Schmerzen.

„Schade, man darf sich nie in Sicherheit wiegen. Gerade wenn man glaubt alles im Griff zu haben, wendet sich das Blatt unerwartet. Wie war das noch? ‚Carpe diem' – nutze den Tag", denkt Lena. Etwas Besseres fällt ihr zu diesem Vorfall nicht ein. Doch irgendwie hat sie ja bei allem Pech auch Glück gehabt, wenigstens mit dem Leben davongekommen zu sein.

Ein halbes Jahr später geht sie endlich wieder zur Arbeit. Die Verletzungen waren nicht so schwer, heilten aber schlecht. Von der Versicherung gab es Schmerzensgeld. Den Verlust des linken Schuhs hat sie separat in Rechnung gestellt und dafür ein neues Paar bekommen. Aber der alte Schuh fehlt ihr, sie vermisst ihn!

Niemand von Ihren Bekannten und Kollegen hat Lena im Krankenhaus besucht.

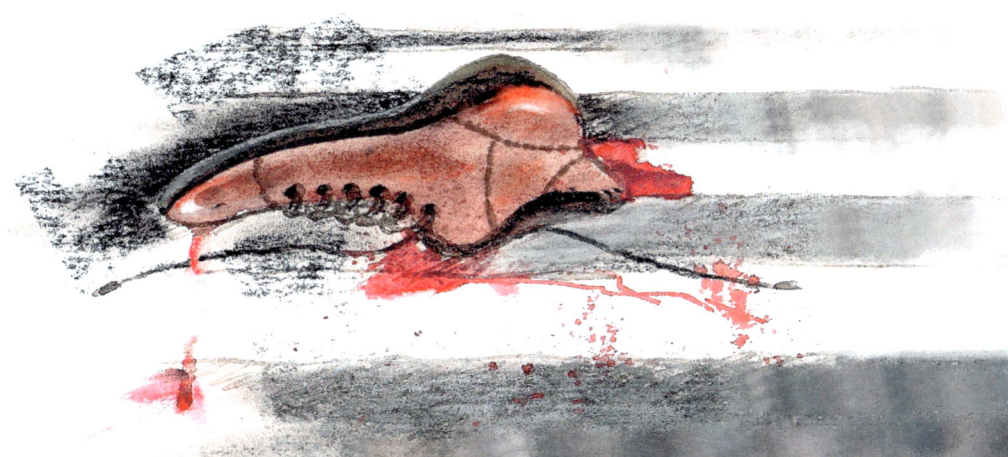

Traumverloren

Es sind immer wieder die Fantasien und Träume, die Lenas Leben entscheidend bereichern. Vor allem in der Kindheit sind sie das Band, das sich schützend um alle guten und schrecklichen Erfahrungen legt. Sie halten die Seele zusammen und sorgen für das Gleichgewicht. Die Welt kann nicht aus den Fugen geraten.

Der Idealfall wäre, wenn es immer so bliebe. Leider verlieren Menschen manchmal ihre Träume, und so ist es auch Lena in den letzten Jahren ergangen. Es gibt unendlich viele neue Erfahrungen, aber sie werden nicht zusammengehalten. Das Band fehlt.

Sie arbeitet immer noch fleißig und unverdrossen auf ihr Studium hin, obwohl der Studienplatz gerade mal wieder in weite Ferne gerückt ist. Lena hat alle Voraussetzungen erfüllt und sich schon mehrfach beworben, doch unerklärlicherweise rutscht sie auf der Warteliste ständig rauf und runter. Wieder hält sie eine Absage in den Händen. Also, auf ein Neues! Zu dumm nur, dass zwischen den Bewerbungen endlose sechs Monate liegen müssen. So vergehen die Jahre. Wenigstens kann sie im Atelier weiterarbeiten und Geld verdienen.

Noch etwas hat unverdrossen Bestand. Es ist die Freundschaft zu Anna. Sie sehen sich seit dem dreizehnten Lebensjahr nur selten. Zuerst ist Anna in einen anderen Landkreis gezogen, dann zog Lena noch viel weiter weg. Sie schreiben sich kaum, aber dennoch ist die Verbindung elementar. Jedes Mal haben beide ein wenig Angst, so kurz vor einem verabredeten Treffen, wenn wieder längere Zeit verstrichen ist. Hat sich womöglich zwischen ihnen etwas verändert? Und jedes Mal stellt sich die Angst als unbegründet heraus. Denn das, was sich damals tief in ihre Herzen grub, lässt sich heute mühelos wieder wecken. Dann erleben sie die intensiven Stunden des Glücks neu und fühlen sich so berauscht wie in alten Kindertagen. Es sind nur Kleinigkeiten, die sie als Ventil benötigen. Damals war es die Schaukel, jetzt ist es eine Schallplatte mit dem aktuellen britischen Sommerhit, den sie gemeinsam zu übersetzen versuchen. Die ganze Nacht durch sind beide damit beschäftigt und müssen ständig eine bestimmte Stelle wiederholen, weil der Text nicht zu verstehen ist. Das geht so lange, bis ihnen schwindlig wird, der Kopf dröhnt und sie es vor Lachen nicht mehr aushalten können. Lena und Anna sind neunzehn Jahre alt.

Anna wird bald sterben. Die Stunden, in denen sie glücklich auf den Betten saßen und ihre kläglichen Übersetzungsversuche zusammentrugen, waren die letzten gemeinsamen. Kurz darauf erfährt Lena von Annas tödlicher Krankheit. Lena will es nicht glauben, das geht über ihre Vorstellungskraft. Jene ungeheuerliche Tatsache lässt sie nicht bis in ihr Herz vordringen. Sie macht die Tür zu.

Einmal telefonieren sie noch miteinander. Anna bittet Lena, zu ihrer Hochzeit zu kommen. Es ist der letzte Ruf nach Lena und der Wunsch, sie noch einmal zu sehen. Zu diesem Zeitpunkt weiß Anna schon, dass sie nicht mehr lange leben wird. Lena spürt das sehr wohl, doch wie reagiert sie?

Es ist kaum zu glauben! Nein, Lena glaubt es selber kaum. Sie sagt ab! Sie macht sich etwas vor und will die Situation nicht wahrhaben. Alles in ihr lehnt sich dagegen auf. Sie will den letzten Ruf nicht hören. Deshalb tut sie so, als sei dies eine normale Einladung, die man genauso normal absagen kann. Die Gründe dafür? Lena muss leider arbeiten, bekommt nicht frei, sie hat keine Begleitung und alleine möchte sie nicht so gerne kommen.

Anna antwortet leise und versteht. Aber was versteht sie? Etwa diese fadenscheinigen Gründe? Lena nimmt es an, denn sie glaubt ja selbst daran. Alles scheint so klar, so einfach, und doch fühlt sie sich jetzt ganz benommen. Auf einmal möchte sie, dass dieses Telefongespräch nie mehr endet, die gesprochenen Worte niemals verhallen. Auf ewig werden sie in ihren Ohren klingen. Wann wird sich nur endlich auch das Herz öffnen? Lena wartet und verdrängt.

Wochen vergehen, und es kommt noch eine Postkarte von Anna. Sie ist in Kenia abgestempelt worden. Die Reise in die Flitterwochen war Annas letzter Lebenswunsch. Doch nicht einmal dieser Wunsch ging richtig in Erfüllung. Der Urlaub musste wegen Annas schlechten Gesundheitszustandes vorzeitig abgebrochen werden.

Als die Karte bei Lena eintrifft, liegt Anna schon im Sterben. Kurze Zeit später ist sie tot. Und Lena ist es irgendwie auch.

Sie lebt zwar scheinbar unbeirrt weiter, aber ohne Trauer, ohne die vor einer Ewigkeit verlorenen Träume und mit einem Herzen, das sich nicht öffnen lässt. Dann naht Annas Beerdigung,

Lena muss sich entscheiden. Wenn sie tatsächlich auch nicht zu Annas Grab gehen will, muss sie vor sich selbst bestehen können. Sie muss den wahren Grund für ihren eigenen, schwerwiegenden Entschluss genau kennen.

Plötzlich ist es ganz einfach. Am Anfang steht nur ein flüchtiger Gedanke, eine Ahnung, die langsam zur Gewissheit wird. Anna ist nicht tot! Sie ist zwar gestorben, aber immer noch so lebendig wie zuvor. Deshalb muss Lena nicht zur Beerdigung gehen, und deshalb wird sie niemals Annas Grab besuchen. Dieser Tod wird sich nie vollziehen, und darum konnte Lena ihn von Anfang an nicht akzeptieren. Das war der Grund für die Blockade in ihrem Herzen.

Anna hat es immer gewusst. Auf einmal öffnet sich die Tür für einen winzigen Spalt, und eine wunderbare Wärme fließt herein. Das Erste, was zurückkehrt sind die Träume. Sie machen wieder alles möglich. In ihnen lebt Anna, und sie erzählt Lena, wie es ihr ergangen ist. Immer wieder sagt sie ihr, dass sie jetzt vollkommen genesen sei. Sie habe die schwere Krankheit überwunden, und es gehe ihr so gut wie nie zuvor. Lena kann nur verwirrt staunen und muss doch immer wieder nachfragen.

Das Schönste an den Träumen allerdings ist, dass die Begegnungen zwischen ihnen wie damals im Leben verlaufen. Sobald sie sich sehen, ist alle Angst und Scheu verloren, es gibt keine Vorhaltungen und kein Befremden, nur Freundschaft. Alles, was sie je verband, war rein und ohne Schnörkel. So war es und so wird es immer bleiben.

Im Laufe der Zeit verändern sich Lenas „Anna-Träume". Sie werden seltener, dafür aber auch lebendiger und unbeschwerter. Lena muss nicht mehr so viel fragen, beide haben jetzt einfach Spaß und Freude miteinander. Nur ganz kurz, bevor sie es endgültig zu vergessen droht und aufwacht, erinnert sich Lena im Traum. Da ist sie wieder, die Wahrheit. Doch welche Wahrheit? Was macht das schon? Früher als Kinder lebten sie in einer einheitlichen Welt aus Traum und Wirklichkeit. Wenn Lena es genau betrachtet, hat sich gar nicht so viel verändert. Es gibt etwas, das nicht zerstört werden kann. Eine Welt, in der weder Raum noch Zeit existieren. Eine Welt voller Gefühle und Erinnerungen, in der Leben und Tod keinen Unterschied machen.

Musste Anna sterben, damit Lena dies lernt und wieder fühlen kann? Anna hat sie so reich beschenkt, doch was hat Lena je für Anna getan? Erst viele Jahre später kommt die erlösende Trauer.

Lenas Träume von Anna und deren fröhliche, beruhigende Botschaften bleiben eine Konstante in ihrem Leben. Beide sind sie immer noch Teil einer Zauberwelt voller Geheimnisse und Magie. Sie sind die Kinder des Parks.

Wartezeiten

Endlich! Wirklich glückliche Zeiten sind angebrochen. Mehr als zwei Jahre hat Lena seit dem Schulabschluss geduldig gewartet, funktioniert und im Atelier weitergearbeitet. Es waren endlos lange Jahre. Doch dann kam die ersehnte Nachricht. Jetzt hat sie einen Studienplatz in Braunschweig bekommen.

Das ist das Leben! Ein neuer Zeitabschnitt beginnt. Einer, der genau zu Lena passt. Kopfüber taucht sie ein und schwimmt auf einer Woge von neuen Eindrücken, Schaffensdrang und jungen Freundschaften. Es folgen helle Jahre, die kaum Schatten werfen und reine Lebensfreude spenden. Bald ist das Studium zur Hälfte geschafft, doch das unbestimmte Gefühl des Wartens bleibt. Lena geht ihren Weg. Er ist gerade, aber nicht eben. Am fernen Horizont sind Bergen zu erkennen.

Es geschieht mal wieder unvermutet, aber ganz offensichtlich nicht nur von fremder Macht gesteuert. Und es ist keine Gefahr, sondern ein Wunder. Alles bisher Erlebte wird in den Schatten gestellt. Lena kann auf nichts in ihrem früheren Dasein zurück-greifen, das ihr Anlehnung bieten könnte. Es bleibt ihr nur zu hoffen, erwachsen genug zu sein, um einem zweiten Leben den erforderlichen Raum zu bieten. Nicht nur in ihrer eigenen kleinen Welt oder in ihrem Körper, sondern vor allem in ihrem Kopf.

Nie wird sie den bizarren Tag vergessen, an dem sie früh Morgens in die Apotheke marschiert, um sich einen B-Test zu besorgen. Das „Mini-Labor" für den hausgemachten Schwangerschaftstest ist mit sechzig Mark fast unerschwinglich teuer für ihren mageren Geldbeutel. Zum ersten Mal fühlt sie sich wirklich abgrundtief alleingelassen. So merkwürdig es auch klingen mag, aber diese Schrecksekunde in der Apotheke ist es, die ihr einen ganz kurzen, furchtbaren Augenblick der völligen Einsamkeit und Hilflosigkeit beschert. Doch Lena fängt sich. Sie bezahlt und setzt dem Warten ein Ende.

Das, was jetzt folgt, hat nichts mehr mit wirklichem Warten zu tun. Zu Hause, bei ihren Eltern, wird sie heimlich ein wenig Urin zusammen mit einer Flüssigkeit in das Reagenzglas füllen, dann mit ihrem Auto in die Uni fahren und die planmäßigen Vorlesungen besuchen. Anschließend – nämlich sechs Stunden später – nachschauen, ob sich am Boden des Röhrchens ein rötlicher Kreis abgelagert hat. Das bedeutet: schwanger. Kein Kreis: nicht schwanger. Als Lena zurückkommt, ist er da, der Kreis.

Und mit ihm eine unerwartete, überwältigende Zuversicht. Von unbändiger Freude erfasst, spürt sie, dass die Zeit reif ist. Eine Zeit des Erwachens, des Wachsens, der Liebe. Auf einmal füllt sich dieser abgegriffene, veraltete Satz mit Leben.

Lena ist guter Hoffnung.

Liebenlernen

Lena hat – begleitet von einer Unmenge Pflaumenkuchen und Schlagsahne – eine glückliche, erwartungsfrohe Schwangerschaft hinter sich gebracht.

Einfach war sie nicht, denn das Kind hat mit aller Macht versucht, so schnell wie möglich das Licht der Welt zu erblicken. Die langen Semesterferien, viel Ruhe, Geduld und Medikamente haben schließlich bewirkt, dass die Geburt bis auf einen Monat vor dem Stichtag hinausgezögert werden konnte.

Nun ist es nicht mehr aufzuhalten. Lena wartet sehnsüchtig auf ihr Baby – wahrscheinlich ein Mädchen, sagen die Ärzte. Die Wehen kommen noch unregelmäßig, aber wegen der Risiko-Geburt befindet sie sich schon im Krankenhaus.

„Eigentlich ziemlich unmöglich und unpassend, aber sicherer", denkt Lena. Im Grunde genommen wäre ihr auch nie eine andere Möglichkeit in den Sinn gekommen. Hier ist sie anonym, allein und doch nicht allein. Das mag sie. Zweisamkeit, Ruhe, Unaufdringlichkeit.

Lena empfindet schon seit Beginn der frühen zarten Bewegungen im Mutterleib eine enge Verbundenheit mit ihrem Kind. Ein grenzenloses, gegenseitiges Vertrauen. Dieses winzige

Lebewesen in ihrem Bauch ist darauf angewiesen, von Lena zur Welt gebracht zu werden. Es strömt ihr so viel Zuversicht entgegen und scheint genau zu wissen, dass sie als Mutter alles richtig macht. Ebenso spürt sie ihr eigenes Vertrauen dem Kind gegenüber. Ganz sicher wird es alles geben, um an ihrer Seite heranzuwachsen!

Doch dann geht es los. Lena wird unsanft aus ihrer Sphäre gerissen. Nichts zählt mehr. Die wunderbare Verbundenheit ist dahin. Wie kann man solche Schmerzen aushalten? Das Baby kennt nur noch ein Ziel ... Lena bringt es fast um. Unter der Krankenhausdusche, der letzten Station vor dem Kreißsaal, kann Lena unbemerkt schimpfen und fluchen. Laut verflucht sie den Tag der Empfängnis, nie wieder will sie schwanger sein. Ein Kampf ums Dasein entfacht zwischen ihr und dem Kind. Nichts Romantisches ist übrig geblieben. Jeder streitet nun für sich und seine Existenz. Das Baby drängt rücksichtslos und grausam in eine Richtung, während Lena gegen die Schmerzen kämpft. Auf dem langen, gespenstischen Weg zum Kreißsaal – Lena solle sich bewegen, hat die Hebamme gesagt – wird der Druck plötzlich unerträglich. Sie verliert den Boden unter den Füßen. Wie aus dem Nichts tauchen auf dem vormals menschenleeren Gang Ärzte und Schwestern auf. Sie tragen weiße Kittel und sterile Gesichter. Ehe sich Lena versieht, liegt sie auf einem schmalen Bett und muss Schwerstarbeit leisten.

Auf einmal wird es leichter. Die Schmerzen sind zwar immer noch steigerungsfähig, aber jetzt pressen beide gemeinsam und gleichzeitig in eine Richtung. Lena und ihr Baby haben dasselbe Ziel. Das macht stark. Es hat gerade sein Köpfchen befreit, als schon der erste Babyschrei ertönt. Geschafft. Jetzt sind sie für immer von einander getrennt und müssen erst lernen sich wiederzufinden.

Das kleine Mädchen wird durchgecheckt und für gesund befunden, danach von der Hebamme in eine Wiege gelegt und neben Lenas Bett gerollt. Da liegt sie nun. Moni. Wie „Moni von einem anderen Stern". Direkt vom Himmel gefallen. Sie schaut

Lena mit einem unglaublich selbstbewussten, tiefgründigen Blick an, der alles Mögliche bedeuten kann, nur kein Wiedererkennen zeigt. Lena geht es genauso. Immer und immer wieder hat sie sich vorgestellt, wie Moni wohl aussehen mag. So sehr hat sie diesen Augenblick herbeigesehnt. Jetzt sieht ihr Baby zwar aus wie „Moni", aber nicht wie ein Teil von Lena, der sie monatelang war, sondern wie ein winziger, fertiger, fremder Mensch. Sie schafft es kaum noch nachzuvollziehen, dass dieselbe Moni bis eben in Lenas Körper steckte.

Moni wird nun herausgebracht, und Lena möchte nur noch schlafen. Sie fühlt sich völlig verbraucht, glaubt aber fest daran, mit frischen Gedanken aufzuwachen. Noch während sie selbst auf die Station gefahren wird, wächst in ihr jenes Gefühl, das sie für kurze Zeit vergessen hat. Das Vertrauen ist wieder da! Mächtig anschwellend und sich paarend mit wahnsinnigem Glück. Und da ist noch etwas anderes.

Gleich morgen wird sie zu Moni gehen und Liebe schenken.

Kurvenreich

Moni ist so winzig klein! Sie kann zwar schon kräftig schreien und ist wohlproportioniert, aber sie will nicht selbstständig trinken. Mit vier Pfund Geburtsgewicht ist sie noch zu schwach, und in ihrem grenzenlosen Vertrauen in das Leben scheint sie nichts als Luft und Liebe zu brauchen. Also wird Moni die nächsten sechs Wochen im Krankenhaus verbringen müssen, bis sie schließlich kräftig genug ist, um entlassen zu werden. Die ersten zehn Tage liegt sie im Brutkasten, wird künstlich ernährt.

Und wie geht es Lena? Lena ist endlich Mensch geworden. Ohne Moni hätte sie noch Jahre ihres Lebens dafür gebraucht. Jetzt fühlt sie sich komplett und so glücklich wie nie zuvor. Endlich weiß sie, wie sich Liebe anfühlt. Jeden Tag fährt Lena mit dem Auto die dreißig Kilometer nach Braunschweig, dorthin, wo Moni geboren ist und jetzt im Krankenhaus liegt. Sie macht sich nicht allzu große Sorgen. Moni wird es schaffen, diese kleine Person hat einen starken Lebenswillen.

Solange Moni im Inkubator liegen muss, kann Lena nichts anderes tun, als ihre desinfizierten Hände durch zwei Öffnungen in den Glaskasten zu halten und Monis zerbrechlichen Körper zu streicheln. Aber welch ein Augenblick das ist! Dafür lohnt es sich zu leben.

Alle winzig kleinen Babys in diesem Raum liegen wie winzig kleine Außerirdische – völlig abgeschnitten von der Außenwelt – in ihrem eigenen Kosmos. Wenn sie nicht beachtet oder gerade versorgt werden, scheinen sie teilnahmslos dahinzuvegetieren. Nur die etwas Kräftigeren, so wie Moni, können zur Abwechslung auch mal schreien. Doch der Schein trügt. Jedes Einzelne von ihnen hat eine ganz besondere, einzigartige Ausstrahlung. Man muss sie nur berühren, mit ihnen sprechen und ihre Gesten deuten lernen. Ja, lernen kann man von ihnen, die so anders sind als „normale" Babys und die einen so schweren Start ins Leben haben.

Lena spürt ganz deutlich die innere Kraft und den Willen, die von Moni ausgehen. Dieses kleine Mädchen ist zu einer gewaltigen Anstrengung bereit. Es ist, als wolle Moni sagen: „Mach dir keine Sorgen, nichts auf der Welt kann mich daran hindern zu wachsen. Ich werde bald nach Hause kommen." Deshalb ist Lena so glücklich und deshalb fährt sie jeden Tag ins Krankenhaus, um Moni zu zeigen, dass sie verstanden hat. Um ihr Mut zu machen und sich selbst eine Portion Mut abzuholen.

Heute hat ein herrlich sonniger Herbsttag begonnen. Moni ist zwei Wochen alt und darf schon in einem normalen Säuglingsbettchen liegen. Sie macht gute Fortschritte und nimmt täglich zu. Lena besucht sie jeden Morgen zur gleichen Zeit, um ihr das Fläschchen geben zu dürfen, sie zu säubern, zu wickeln und mit ihr zu kuscheln. Diese Stunde genießen beide von ganzem Herzen. Moni kann ihre Mutter schon genau von den ständig wechselnden Schwestern unterscheiden.

Während Lena die Landstraße entlangfährt, gehen ihr viele Dinge durch den Kopf. Zum einen freut sie sich auf Moni, die sie gleich im Arm halten kann, zum anderen auf die nächste Woche, wenn sie – wie geplant – das Studium wiederaufnehmen wird. Dann möchte sie ihr kleines Mädchen zwischen den Vorlesungen besuchen und versorgen. Im Moment denkt sie aber auch an die lästigen Schmerzen, die sie so kurz nach der Entbindung begleiten. Vor allem im weichen Autosessel machen sich die Wunde in ihrem Bauch und die kaum verheilte Narbe des Dammschnittes unangenehm bemerkbar. Aber nein, sie findet nicht, dass sie sich zu früh zu viel zumutet. Es gibt keine Entschuldigung, um einen Besuch bei Moni auszulassen!

Außerdem geht es ihr mal wieder nicht schnell genug. Kurz vor Braunschweig biegt ein furchtbar lahmer Rübentrecker – direkt vom Feldweg aus – vor ihr auf die Landstraße ein. Bald kommt die gefährliche S-Kurve, die Lena schon tausendmal gefahren ist. Sie wird es ruhig wagen, den Traktor vorher noch zu überholen. Weiß sie doch genau, wie sie das Lenkrad anschließend einschlagen muss, um gut durch die Kurve zu kommen. Also setzt sie flott zum Überholvorgang an.

Das Unheil nimmt seinen Lauf. Noch bevor es passiert, erkennt Lena, dass die Ereignisse nicht mehr aufzuhalten sind. Die Straße hat sich durch feuchtes Laub und Matsch zu einer tückischen Rutschbahn verwandelt. Lena kann das Tempo nicht mehr rechtzeitig drosseln und schlittert mit fast hundert Stundenkilometern (fünfzig sind erlaubt) in die Kurve. Das Auto bricht aus, lenken hilft jetzt nichts mehr. Nur beten. Der Wagen dreht sich wie ein Brummkreisel um die eigene Achse, verliert dabei glücklicherweise an Geschwindigkeit, rutscht in einen Graben und bleibt auf der Fahrerseite liegen. Stille. Dunkelheit.

Lena öffnet die Augen. Wie selbstverständlich schnallt sie sich unverletzt ab, steigt nach oben durch die Beifahrertür aus, hält das nächste Auto nach Braunschweig an, kommt mit einem Abschleppdienst zurück, lässt ihren Wagen aus dem Graben ziehen, fährt mit dem völlig schiefen, aber noch fahrtüchtigen Vehikel ohne Heckscheibe nach Hause, anschließend in die Werkstatt und am Nachmittag mit dem Zug zu Moni. Geschafft.

Lena ist durch nichts aufzuhalten.

Ohneeinander

Und welche Rolle spielt Monis Vater in Lenas Leben? Kann er eine Beziehung zur kleinen Tochter aufbauen? Kann er nicht. Jan ist viel zu sehr mit sich selbst beschäftigt. Er kann auch nicht mit Lena zusammenleben. Jan lebt und arbeitet inzwischen in Kiel. Sie treffen sich an den Wochenenden, wann immer es möglich ist, aber das ist ja gerade das Unmögliche.

Jan war sehr großzügig, Lena durfte sich alleine für oder gegen die Schwangerschaft entscheiden. Er sei mit allem einverstanden, sagte er.

Als es um Monis Namen ging, verhielt er sich genauso. Lenas Vorschläge gefielen ihm zwar nicht, aber die eigenen ...? Gab es nicht. So entschied sich Lena gerade in dem Moment, als der junge Kinderarzt direkt nach der Geburt fragte: „Herzlichen Glückwunsch, wie soll das kleine Mädchen denn heißen?"

„Monika. Nein, Moni. Moni will ich es nennen."

Die Hebamme machte ein Foto, klebte es in einen Baby-Pass, stempelte Monis rechtes Füßchen daneben und trug den Namen samt Geburtsdaten ein. Dann erhielt Moni ihr rosa Namensbändchen.

Zwei Tage später kam eine Frau vom Amt auf die Station. Sie erkundigte sich nach Monis Geburts- und Stammdaten und wollte wissen, ob Lena den Vater nennen wolle. „Was ist das denn schon wieder?", dachte Lena erschrocken. Die Frau bemerkte ihre Verwirrung und erklärte: „Ich kümmere mich erstmal nur um die Eintragungen für die Geburtsurkunde und eine mögliche standesamtliche Veröffentlichung in der Zeitung. Ich werde auch eine Meldung an das Jugendamt machen müssen, die wenden sich dann schriftlich an sie. Mit Unterhaltsleistungen hat das hier jetzt noch nichts zu tun." Sie schaute Lena etwas ungeduldig an. „Na was denn nun?", schien ihr fragender Blick sagen zu wollen. „Nein", antwortete Lena zaghaft und schluckte. „Ohne die Nennung des Vaters." Die Weichen sind gestellt. Es gibt kein Zurück mehr.

Nur unter Mühen bringt es Jan fertig, die zarte Moni im Krankenhaus zu berühren und mit ihr zu sprechen. Er empfindet große Scheu ihr gegenüber und leidet ganz offensichtlich darunter. Vielleicht geht es vielen Vätern anfangs so. Aber Lena kann ihm nicht helfen, dazu reichen ihre Kräfte nicht aus. Sie kann nichts tun, außer Jan die Türen offen zu halten, falls sie es schafft und durchhält.

Eines Tages sagt er auf dem Weg ins Krankenhaus: „Ich hoffe, dass Moni bald nach Hause kommt, damit endlich diese Fahrerei aufhört." Lena erwidert nichts. Die Worte gehen ihr durch Mark und Bein. Sie sind voller Kälte.

„Vielleicht waren sie einfach nur nett gemeint", versucht sie sich im Nachhinein einzureden. Doch kann man solch einen Satz überhaupt falsch verstehen? Die Erfahrung sagt ihr, dass Männer immer alles wörtlich meinen, da kann man gar nichts hineindeuten. Natürlich möchte Lena auch, dass Moni nach Hause kommt. Aber nicht, damit die Fahrerei aufhört, sondern damit sie endlich ihr Kind bei sich hat, nach dem sie sich so sehr sehnt.

Außerdem, welches Zuhause eigentlich? Moni wird zusammen mit Lena in deren zukünftiger Studentenwohnung leben, alles ist schon vorbereitet, die Finanzierung steht. Stipendium, Kindergeld, Unterhalt und ein kleiner Nebenverdienst müssen reichen. Lena hat sich einen Stubenwagen geliehen, der im ehemaligen Schlafzimmer stehen wird. Nach und nach soll ein gemütliches, geräumiges Kinderzimmer daraus werden. Fürs Wohnzimmer – es wird die nächsten Jahre auch Lenas Schlafbereich sein – hat sie sich ein gebrauchtes Schrankbett gekauft.

Wo ist Jan zu Hause?

Spurwechsel

Jahre vergehen, Lena bleibt alleine mit Moni. Das Grafik-Studium hat sie irgendwie zwischen Windelwechseln, Baby-liebhaben, Fläschchengeben, Kinderkrankheiten, Haushalt und nächtlichem Schaffen bewältigt. Mit anderen Worten, tagsüber war Moni dran, nachts wurde für das Studium gearbeitet – und geschlafen bei jeder Gelegenheit zwischendurch. Moni machte es sich und ihrer Mam leicht. Von Anfang an hat wenigstens sie die Nachtruhe eingehalten.

Nach dem Hochschulabschluss arbeitete Lena zunächst halb-tags für eine kleine Druckerei, seit zwei Jahren ist sie ganztags bei einer Werbeagentur in Braunschweig angestellt. Der berufliche Wechsel mit den hohen Anforderungen, dem zunehmenden Zeitdruck und der Sorge um Monis Heranwachsen zehren an den Kräften. Lenas Sehnsucht nach Wärme und Geborgenheit wird allmählich durch Verzweiflung abgelöst.

Manchmal gibt es Zeiten, da ist das Chaos perfekt. Nichts geht mehr. In der Firma fehlt die Luft zum Atmen. Überall nur Hektik, Rivalitäten und Konkurrenzkampf. Die Arbeit ist ohne Überstunden nicht zu schaffen. Zu Hause kommt Lena zwi-schen Haushalt, Einkauf, sonstigen Verpflichtungen und der viel zu kurzen Zeit für das Familienleben auch nicht zur Ruhe. Abschalten geht schon lange nicht mehr. Manchmal fängt sie an, während des Spielens mit Moni, die Rasterpunkte auf den Puzzlebildern zu zählen. Sind die Farben gut getroffen? Was könnte man drucktechnisch besser machen? An den Wochen-enden durchsucht sie alle möglichen Zeitschriften, um die Werbeanzeigen zu finden, die sie in der Woche gestaltet hat. Manchmal steht sie vor dem Küchenschrank und hat vergessen, wie man eine Tasse herausholt. Manchmal möchte sie gegen einen Baum fahren.

Doch auch diese trüben Tage werden hin und wieder von hel-len, zuweilen bedeutungsvoll kuriosen abgelöst. Der dunkle

Schleier lüftet sich ein ganz klein wenig und lässt das Licht erahnen. Dann kann Lena Hoffnung schöpfen, dann weiß sie, dass sie in letzter Konsequenz nicht untergehen wird. Ist es ihr nicht schon einmal gelungen? Vage Erinnerungen schlummern unter der Oberfläche ihres Bewusstseins, sie wird den Mut nicht verlieren.

Einer dieser kuriosen, lebendigen Tage beginnt an einem Dienstagmorgen. Lena und ihr Kollege Mike werden beauftragt, nach Hameln zu fahren. Dort sollen sie für die Agentur einen wichtigen Geschäftsabschluss tätigen. Die beiden sind in den letzten Wochen zu einem passablen Team zusammengewachsen. Sie verstehen sich gut. Mike ist zwar „nur" Mädchen für alles in der Firma, aber er hat etwas Freies, Unabhängiges an sich, das ihr gefällt. Irgendwie scheint er sich mit seiner speziellen Art dem Agenturstress entziehen zu können. Außerdem hat er es geschafft, eine besonders charmante Beziehung zur betreffenden Kundschaft in Hameln – an deren Spitze eine junge dynamische Chefin agiert – aufzubauen. So ist Mike in den für ihn äußerst interessanten, verantwortungsvollen Kontaktbereich gerutscht. Innerhalb kurzer Zeit hat er sich unentbehrlich gemacht. Lena und Mike übernehmen nun gemeinsam die werbliche Betreuung, da es sich um ein umfangreiches Projekt handelt.

Lena freut sich auf die Fahrt. Sie ist über jede Minute froh, die sie nicht im Büro verbringen muss. Mike fährt den Firmenwagen, ein kompaktes, handliches Auto. Nagelneu! Der Februartag ist frostig und klar, der letzte Schnee vereist. Am späten Vormittag fahren sie los. Mike hat eine Musikkassette mitgebracht und in den Radiorekorder des Autos eingelegt. Überschäumend vor Lebensfreude dreht er die Lautstärke der Boxen gleichermaßen voll auf wie den Motor des Fahrzeuges. Dann jagen sie mit einem Höllenlärm über die Bundesstraße, während die Sonne kalt über den weißen Feldern steht. Lena lässt es geschehen. Allmählich wächst das Gefühl, jeden Moment abzuheben. Irgendwie hat diese wahnsinnige Raserei auch etwas Befreiendes.

Etwas, das mit Leben zu tun hat, mit Wahrnehmung. Für einen Bruchteil von Sekunden kann sie sich sogar vollständig von den quälenden Alltagssorgen lösen und wie durch ein umgekehrtes Fernrohr schauen. Ganz am Ende des Rohres ist winzig klein und glasklar die herrliche Welt zu sehen!

Wie durch ein Wunder kommen beide unversehrt und lachend an ihrem Zielort an. Das Geschäftliche ist schon bald problemlos abgewickelt, so dass sie sich noch Zeit für ein Mittagessen nehmen können. Der Wagen steht gebührenfrei in der Parkgarage.

Als sie schließlich zurückfahren wollen, setzt sich Mike wieder ausgelassen ans Steuer, startet das Auto, der Motor heult auf ... doch jetzt ist alles irgendwie anders, etwas passt nicht zusammen. „Die Vorzeichen stimmen nicht ...", denkt Lena gerade noch. In dem Moment kracht es. Mit voller Wucht sind sie rückwärts gegen einen Betonpfeiler gefahren. Der schöne, nagelneue Wagen wirkt auf einmal nicht mehr kompakt und unverwundbar, sondern beunruhigend verletzlich. Die Stoßstange hat sich hartnäckig mit der eingeknickten Heckklappe verkeilt. Da helfen kein Rütteln und Biegen. Ohne den Schaden zu melden – am Pfeiler sind deutliche Unfallspuren zu erkennen – , setzen sie ihre Reise mit gedämpfter Stimmung fort. Wobei Lena dann doch ganz, ganz leise in sich hineinlachen muss. Sie strengt sich sehr an, damit kein Kichern über ihre Lippen kommt. Wie sollen sie das bloß dem Chef sagen?

Nach dem dritten Häuserblock wird Mike schon wieder lässiger. Übermütig glaubt er, eine tolle Abkürzung zu kennen. Statt ordnungsgemäß nach der nächsten Ampel rechts abzubiegen, preschen sie nun vorher schon in eine kleine Seitenstraße hinein, die nur für Anlieger freigegeben ist. Zu spät bemerkt er, was Lena kommen sieht. Die Straße ist nicht geräumt worden und der Schnee völlig vereist. Der Wagen gerät mit überhöhter Geschwindigkeit ins Schleudern, prallt mit der rechten Vorderseite unkontrolliert gegen ein parkendes Auto und bleibt endlich stehen. Ach, wie sehen sie jetzt traurig aus, Mike und der Firmenwagen. Ein Scheinwerfer ist geopfert worden, und die Kühlerhaube hat sich hässlich verbogen, als sei sie in einem Feuersturm zusammengeschmolzen. Da steht er nun wie ein kleiner verschreckter Junge neben dem großen kaputten Spielzeug, das nicht einmal ihm gehört. Die tragischen Augenblicke haben ihre eigene Komik. So ist das Leben! Der andere Wagen hat auch einiges abbekommen. Eine weitere Fahrerflucht kann Lena dem guten Mike nun nicht mehr durchgehen lassen, obwohl dieser sich schon wieder verdächtig umschaut. „Hoffentlich hat niemand etwas gesehen", scheint er zu denken ...

Sie rufen die Polizei. Während Mikes Probleme unüberschaubar anwachsen, scheinen sich Lenas auf magische Weise zu verkleinern. Wie anders hatte doch dieser Tag begonnen und wie wichtig ist er unvermutet für Lena geworden. Ihre persönliche Krise ist noch lange nicht überwunden, aber sie hat eben wieder neu entdeckt, die kleinen Schritte wahrzunehmen. Aus ihrem Loch herauszukommen und zu beobachten. Schmunzeln zu können.

Nachdem sie zurückgekehrt sind, setzt sich Lena eine Frist. Spätestens wenn Moni in einem Jahr zur Schule kommt, wird sie ihre Gefühle geordnet und ihr Leben grundlegend verändert haben. Sie wird sich befreien und wieder lachen.

Die Versicherung bezahlt alle Fahrzeugschäden. Mike kommt mit einem Bußgeld – als Verursacher des Unfalls in der Anliegerstraße – und einem Rüffel vom Chef glimpflich davon. Es gab noch einige berechtigte Nachfragen und ungläubige Blicke wegen der hinteren Beulen am Firmenwagen. Was vorne passiert ist, war ja nachvollziehbar, aber wie konnten auch Heckklappe und Stoßstange bei dem Unfallhergang derart beschädigt werden? Doch irgendwann fragte auch danach niemand mehr.

„Die Wahrheit ist irgendwo da draußen", denkt Lena schmunzelnd. Sie wird dichthalten.

Rückkehr

Lena sitzt auf dem Sofa, um sich zu entspannen. Ein langer, ausgefüllter Tag ist zu Ende gegangen. Inzwischen läuft alles viel besser als bis vor Kurzem noch. Sie hat eine flexible Arbeitsstelle bei einem Verlag gefunden, der es ihr ermöglicht, sowohl im Büro tätig zu sein als auch zu Hause Kinderbücher zu illustrieren. Moni geht inzwischen zur Schule. Beide leben nach wie vor zu zweit in ihrer kleinen Wohnung. Hier fühlen sie sich wohl und geben sich gegenseitig Geborgenheit. Eines Tages wird Lena einen Mann finden, den sie nicht nur lieben, mit dem sie auch leben kann. Einen richtigen Gefährten eben – da ist sie ganz zuversichtlich. Es lohnt sich zu warten.

Vor wenigen Minuten ist Moni fröhlich zu Bett gegangen und hat eine Spur des Glücks hinterlassen. Plötzlich ist es wieder da ... Das Mäuschen meldet sich zurück. Fast ein Jahr war es für Lena auf Zeitreise. Es hat in ihrer Vergangenheit gewühlt, ist dem Fluss der Gefühle gefolgt, von Ebene zu Ebene gehüpft, hat sich festgebohrt und nicht lockergelassen.

Bis Lena fleißig alle Geschichten aufgeschrieben und mit ihrer alten Schreibmaschine abgetippt hat. Sie konnte dem Mäuschen kein Konzept aufzwingen oder eine Richtung vorgeben, nie hatte sie es wirklich unter Kontrolle. Es lief einfach los und machte, was es wollte. Doch eines durfte sich Lena zum Schluss nicht nehmen lassen – die Geschichten zu kürzen. Je kürzer, desto besser. Am besten so kurz, dass am Ende aller Geschehnisse, Gedanken und Erinnerungen doch nichts weiter als Gefühle übrig bleiben. Sie sind der Hauch der Ewigkeit.

Jetzt, da das Mäuschen wieder aufgetaucht ist, gibt es nichts mehr zu erzählen. „Bis hierhin, Lena, und nicht weiter", scheint es zu sagen. Ein wenig ratlos hält sie das fertige Manuskript in den Händen. Soll das alles gewesen sein – was nun?

Die Geschichten machen keinen Sinn, wenn niemand sie zu lesen bekommt. War das Ganze etwa völlig umsonst, hat sie die Mühsal nur ertragen, um sich selbst etwas zu beweisen? Das Schreiben war nicht nur anstrengend, es machte auch Spaß. Aber weiß sie heute dadurch mehr über sich? Schon wieder gibt es Fragen über Fragen. Kann man für seine eigenen Texte noch nicht reif genug sein? Im Moment ist das Lena viel zu kompliziert. Morgen wird sie die Seiten einem guten Freund zu lesen geben und anschließend in einer Schublade verstecken …

Dort blieb das Manuskript zwanzig Jahre liegen – bis sich Lena traute, alles noch einmal zu durchleben. Dann entstanden auch die Bilder.